いつかの朔《さく》日《じつ》

村木嵐
Muraki Ran

集英社

いつかの朔日

目次

いつかの朔日

一　宝の子

一

額に落ちた白い髪を払いのけ、阿部大蔵《あべおおくら》は丘の岡崎城《おかざき》を仰ぎ見た。

低い天守の真上に大きな丸い月がかかり、まるで睨《にら》むようにこちらを見下ろしている。

――儂《わし》はあの月に心を映されても、同じことができるのか。

冴《さ》えざえと輝く輪の中にお由扶《ゆう》の顔が重なるようで、大蔵はあわてて長屋の陰に身を屈《かが》めた。

夕刻に篠突く雨が降ったので道はぬかるんで、桜の花びらが泥になずんでいる。なるべくなら草鞋《わらじ》を汚さぬようにと前を見定め、大蔵は深い息を吸って歩き出した。

三河《みかわ》岡崎に戻ったのは約半年ぶりのことだった。去年の師走に城主松平清康《まつだいらきよやす》公が隣国尾張《おわり》へいくさを仕掛け、大蔵も十五の嫡男を連れて織田《おだ》の守山《もりやま》城まで攻め入った。城代の逃げた城は難なく落ちたが、そのあいだに岡崎の居城を清康公の叔父に乗っ取られ、岡崎衆は帰る城を失った。

ひと冬のあいだ野山をさまよって暮らした大蔵は、三十も過ぎた今頃になって夜目がきくようになっていた。髷《まげ》はどうやら最初の一晩で白くなったが、さいわい足は人並みはずれて堅固だから、巨軀《きょく》でも泥道をそっと跳ねるくらいわけはない。黄金色の月はぬかるみの一つ一つで律儀に照り返し、大蔵が跨《また》ぐたびに苛《さいな》むように後を追ってきた。

大蔵は昨日の朝早いうちに伊勢《いせ》を出て、尾張、三河といっきに駆けて来た。矢作川《やはぎがわ》のほとりで馬を休め、木陰から草叢《くさむら》へと身をひそませて岡崎城下に至ったのは日の傾きかけた頃だった。あとはじっと雨に打たれてうずくまり、中天に月が昇ったところでお由扶の住まいのそばまで忍んできた。岡崎の暮らしは夜が早いので、狭い城下はすでに井戸の底に沈んだように寝静まっている。

寝込みを襲って女を殺すのだと思えば、大蔵の胸は外からでもそれと分かるほど激しく打っていた。

武者で聞こえ、いくさでは必ず兜首《かぶとくび》を挙げてきたが、女子供を手にかけたことはない。しかもその相手が祝言を挙げるはずだったお由扶だとは、いっそ己が死ぬほうがどれだけ楽か、大蔵の胸は痛いほど締《あや》めつけられた。

だがお由扶を殺めることは誰に指図されたのでもない、大蔵が己で決めたことだった。髪一筋ほども惜しくはない己の命はおめおめと長らえ、ただお由扶ばかりは生かしておけぬと思い切ったのである。

お由扶は大蔵が岡崎を離れるときには腹が目立ち始めていたから、四月の今では産み月も近いはずだった。なんとかお由扶を生かす手だてはないかと未練が湧いて、大蔵はまたあわてて足下へ目を逸《そ》らした。

昨年の師走に守山を落ちのびてから、草鞋は幾度取り替えたことだろう。張りつめた旅に疲れきって、岡崎の道などとうに忘れたはずだったが、大蔵の足は迷いもせずに進んだ。

岡崎にいた時分は夜ごと通った道だった。祝言を挙げる前に子を授かり、守山のいくさで手柄を立てればすぐ妻に迎えるつもりだったのに、このざまだ。
辻《つじ》にさしかかると刻《とき》を惜しむように斜めに曲がり、御馬衆の長屋の前で隠れるように首をすくめるのはその時分からの癖でもある。

明るいうちに通るとやっかむような若者たちの目にぶつかったものだが、しまいには憎まれて、大蔵は織田方に内通しているとまで陰口を叩かれるようになっていた。あの時分も今も、大蔵はどんな顔でそこを通ればいいか分からなかった。

お由扶は父親がいなかったが、器量を望まれて嫁入りの口は降るようにあった。だが万事に手厳しい母刀自《ははとじ》が片端から断って、お由扶は二十歳になろうとしていた。あれは清康公の側室にでもするつもりかと皆が焦《じ》れ始めたところへ、よりにもよってこぶつきの大蔵だ。不可解なぶん、根も葉もない話にもなったのだろう。

だが情の強い母刀自が大蔵を下にも置かぬ扱いをするようになったのは、野伏《のぶし》に襲われかけたお由扶を大蔵が助けたからだった。蕨《わらび》採りに入った山で男たちに囲まれ、すんでのことで手鋏《てばさみ》で喉を突くところを大蔵がまとめて片付けた。あとは毎晩、夕餉《ゆうげ》へ招かれるようになって、そのうちにお由扶に子ができた。

狭い城下のことで、いちばん遠い道を選んだつもりが、すぐ低木の生け垣が見えてきた。秋口にみまかった母刀自が丹精して塀に整えたもので、角には薄い杉戸が切ってある。

広い庭は畝に耕されて、月明かりで夜の海のように波打っている。その奥が三間ばかりの小さな茅屋《かやや》だが、耳の遠くなった奉公人を一人置いているだけだから、いつも大蔵が訪《おとな》いを告げるまで気づく者はいなかった。

大蔵はそっと杉戸を押し開けた。

庭に面して縁側があり、横の玄関に回るのがかえって面倒な開け広げの造りだ。縁側の襖《ふすま》を開けば、夜はそこがそのままお由扶の寝所になっている。

大蔵は畝を跳んで庭を横切り、そっと縁側に手をついた。草鞋に手をかけようとして、襲いに来て履物を脱ぐ莫迦《ばか》がいるかと思い直した。

足を上げると同時に鯉口《こいぐち》を切った。

襖は敷居の中ほどに節があり、開けるときはいつも一度突っかかる。そこで軽く持ち上げながら引くのだったと思い出して、ごくりと唾を呑《の》んだ。

指先まで毛深い熊のような手が、把手をつかんで小さく震えている。

――清康公は今に、東海一円をお治めになりますね。由扶はこの子と、旦那様のお帰りを楽しみにお待ちしています。

笑って腹をさすっていたお由扶の姿がよみがえり、大蔵は目を閉じた。

襖は静かに横へすべっていった。肩幅ほど開けて突っかかる寸前に、大蔵の手は無心でそれを軽く持ち上げていた。

いっそ大きな音がしてお由扶が逃げ出すことを願ったが、襖が開ききってもぬるい風すら流れ込まなかった。

月が差して、板間は四隅まではっきりと見渡せた。

磨きこまれた十畳の板間に、大蔵も見慣れた簞笥《たんす》が立ててある。奥の壁につけた床の中で束ねられた髪が光を弾《はじ》き、上掛けはなんとも柔らかそうに膨らんでいる。

お由扶がこちらを向いてひそやかな寝息をたてていた。何もかも忘れて手を伸ばしかけて、ぐっと拳を握りこんだ。

上掛けが丸く見えたのは、その腹のせいもある。前には半年に満たなかった腹の子が、今では布団越しにそれと分かるほど大きくなっている。

鞘《さや》を抜いて上段に構えたが、常になく持ち重りがして、必死でこれまでに取った兜首を思い浮かべた。

この岡崎で、太刀を持たせて大蔵の右に出る者はなかったはずだ。だから清康公の嫡男、仙千代《せんちよ》君を託され、皆と別れて伊勢まで落ちのびたのだ。

刃が鈍く月を弾いたとき、大蔵は鞘を投げ捨てて一息に振り下ろした。

「許せ、お由扶！」

鞘が板に跳ね返って大きな音がした。白鷺《しらさぎ》でも飛び立ったように真綿が舞い上がり、大蔵は目つぶしをくらって仰向けに倒れた。

「お由扶様！　お目覚めを。賊じゃ」

男の叫び声が辺りを裂いた。大蔵は羽交い締めにされて、柄を握りしめたまま板間に尻餅をついていた。

見上げると、大きな影が素早く両腕を広げて寝床の前に立ちふさがった。顔は影に入ってのっぺらぼうだが、髷から白髪がそそけて月に照らされている。この細い手足を、庭の物干のようだとお由扶と笑い合ったのはいつのことだ。

「卯作《うさく》……」

大蔵よりはるかに年を取った、この家のただ一人の奉公人だ。母刀自にずっとここで養ってくれと頼まれた、空咳《からせき》ばかりしている男だ。

「旦那様、やはり生きておいでございましたか」

卯作は背でお由扶をかばいながら寝床へ下がっていく。

やがて上掛けが動いて、お由扶がそっと寝床に手をついた。

一本気な、何に怯《ひる》んだこともない目がまっすぐに大蔵を見返していた。

初めて山で会ったとき、野伏に囲まれたお由扶はやはりこんな目をして顔をすっくと上げていた。野伏が逃げたあと、事もなげに手鋏に触れて、もう少しで蕨でないものを切るところだったと笑っていたものだ。

「城下の噂《うわさ》がまことなら、いつかはおいでになると思うておりました」

お由扶は挑むように片唇を吊《つ》り上げた。

いくさの世で父を幼い時分に亡くし、母と流浪の末に岡崎へ辿《たど》り着いた娘だった。男に生まれなかったのが惜しまれるような剛毅《ごうき》さで、いくさ場に出ればきっと大蔵よりも立身しただろう。人に背筋をぴんと張らせるような清々《すがすが》しい美貌には、わずかも庇護《ひご》を望んでいる弱さがない。

「旦那様が由扶に始末をつけに参られたということは、弥七郎《やしちろう》殿の一件はやはり真実だったのでございますか」

お由扶は卯作を脇に押して、前へ出た。大蔵が弥七郎の名を聞いたのは、あの師走から初めてのことだった。

大蔵の十五の嫡男が、今や岡崎では穢《けが》れとして誰もその名を口にしなくなった弥七郎だ。大蔵譲りで肝が太く、些事《さじ》を考えるより先に身体《からだ》が動いてしまうところがあった。あの尾張守山が初陣だったが、父をしのぐ大手柄を立てると豪胆なことを言い、大蔵もそうなるような期待があった。頼もしいあまりに月代《さかやき》を剃《そ》ったばかりの頭を撫《な》で回し、童のようなことをしてくれるなと唇をとがらせられたものだ。

そうだ。その弥七郎がこの岡崎の、末代までの穢れになってしまった。

「岡崎にはどのように伝わっておる」

刃をお由扶に向けたまま、大蔵は尋ねた。胴震えが刃先に伝わって床板を叩《たた》き続けていた。

「ほかならぬ弥七郎殿が、清康公を殺められたと伺いました。とても、まこととは思えませぬ」

常なら凜《りん》としているお由扶の声は、大蔵の耳にも届かないほど細かった。

師走の、霜の下りた朝だった。守山では織田勢が清康公の至る前に城を捨てて逃げており、岡崎衆は矢の一本も放たずに守山城に入っていた。城下を焼いてしまえばもういくさをしようにも相手がおらず、あとは重臣たちの評定を待つことになっていた。

あの朝、城につないだ馬がいっせいに嘶《いなな》いた。大蔵は血相を変えて清康公の館に飛びこんで、広縁に駆けつけたときには弥七郎が血みどろで敷居に俯《うつぶ》せていた。

その向こうで清康公が、顔だけをこちらに向けて事切れていた。瞼《まぶた》はふわりと開いたままで、振り返った刹那だったらしい顔には驚きの色さえ浮かんでいなかった。

太刀を握りしめた弥七郎の手首が、撥《は》ねとばされて庭の沓脱石《くつぬぎいし》のそばに落ちていた。清康公の袈裟懸《けさが》けの瑕《きず》からはまだ温かそうな血が吹き出して、広縁の血飛沫《ちしぶき》は広がり続けていた。

人死にをいくらも見てきた大蔵は、二つの骸《むくろ》の形から、その場に繕われたものが何一つないことが即座にのみこめた。

誰に仕組まれたのでもない、弥七郎が清康公を斬り、すぐさま息の根を止められたことは明らかだった。清康公が庭先を眺めて立っていたところを、弥七郎が背後から斬りつけたのだ。

水の流れるような音がして目を落とすと、足下に水たまりができていた。大蔵は己が尿《ゆばり》を垂れていることにもしばらく気づかなかった。

清康公の寝間が起き抜けに敷かれたままで、遺骸はそこに六人がかりで横たえられた。そのあいだに大蔵の尿はゆっくりと広縁を伝い、手首のない弥七郎の骸の血と混ざっていった。

「あとわずか早《はよ》う行っておれば、儂がこの手で弥七郎を斬り捨てることができた。儂はあの折ばかりは出遅れた。弥七郎を仕留めたのは、儂もよく知る清康公の小姓であった」

尿の中にくずおれた大蔵の真横に、その小姓もまた呆《ほう》けて座りこんでいた。ちょうど今夜の大蔵のように、その小姓も太刀が手のひらに吸いついて、刃の先はまだ弥七郎の骸を向いていた。

肩の薄い、ほんの子供のような小姓だった。岡崎では弥七郎とも親しかったから大蔵も口をきいたことがあり、素直で一所懸命で、人をたばかってそんな顔ができる少年ではなかった。

――なにゆえ我が父に腹を切らせたか。

弥七郎は獣のようにそう叫んで、鞘を叩き捨てたという。あとは電光石火に広縁を駆け抜けて、清康公が振り返った刹那に斬り下げた。

「若様がなぜそのようなことを」

卯作は顔を覆ってむせび泣いた。

「旦那様が内膳に通じていると、あらぬ疑いがかかっていたと聞きました。それゆえ弥七郎殿は行き違って」

大蔵は黙って首を振った。行き違いなどという生易しいものではない。

清康公はまだ二十五という若さだった。だが生来いくさに長《た》け、家督を窺《うかが》っていた叔父の内膳を早々と抑えこんで三河の小競り合いに決着をつけていた。

次は隣国の仇敵《きゅうてき》、尾張の織田だと息巻いて守山へ攻め込んだのが去年の師走のことだ。

「旦那様にはもはやお由扶様だけではございませんか。それを思うて儂は、旦那様がお戻りになるまではと、お由扶様をお守りしてまいったのですぞ」

卯作が大蔵の腕にむしゃぶりつくと、太刀はあっけなく解かれた。

大蔵の目から涙が溢《あふ》れた。

「腹の子が男であれば何とする」

板間に激しく手を叩きつけた。

「儂だけ子を授かっては、清康公に申し訳が立たぬではないか！」

あの師走の日から、かたときも忘れたことはない。弥七郎が主君を弑《しい》したばかりに岡崎は内膳の手に落ちた。清康公の嫡男仙千代君は、十歳という幼さで敵地の城に取り残された。

清康公が生きていれば、岡崎衆はいずれは三河一国どころか、西の尾張も東の遠江《とおとうみ》も呑んでいた。城主がこれからという若さでこの上もない勇猛さを備え、今の世に替え難い戦略の才を持っていた。清康公さえあれば、松平家は東海一の大名になっていた。

あれから幾度、大蔵は己の絶叫で目を覚ましただろう。大蔵さえこの世に生まれてこなければ、弥七郎もおらず、清康公は今も生きていた。

大蔵ほど忌まわしい者はない。大蔵はただ死ぬだけでは足りない。その血の一滴に至るまでこの世から抹殺しなければ、穢れが残る。

「仙千代君はいまだ岡崎城にお帰りになることも叶《かな》わぬ。あれは仙千代君の城だぞ！」

大蔵は天守のある空を指した。

「清康公の御子《おこ》が明日をも知れぬというに、儂の子ばかりつつがのう育つというか」

それでは大蔵は百度死んでも清康公に合わせる顔がない。仙千代君に万一のことがあって大蔵の子が残れば、大蔵はどう詫《わ》びればいい。

「ですが仙千代君さえご無事でお戻りあそばせば。岡崎の皆がこれほどお待ちしているのですから、神仏が必ずや」

卯作が取りなすように背をさすった。

清康公が倒れたとき、まさか砦《とりで》ほどの脆弱《ぜいじやく》な城に立て籠もるわけにもいかず、仙千代君は尾張守山を落ちのびた。清康公の妹が伊勢の吉良《きら》氏に嫁いでいたが、とっさに仙千代君が身を寄せられるのは、尾張からも三河からも離れた吉良氏の居城しかなかったのだ。

「では旦那様が、仙千代君をお守りあそばして守山を出立なされたというのはまことでございますか」

「ああ、まことじゃ。儂が伊勢へお連れした」

大蔵が腕を見込んで託されたのだ。

ほかにも、岡崎衆のうちで誰が誰に通じているか分からないという事情もあった。内膳が岡崎城に入ったのは清康公の死に乗じたにしてもあまりに早く、ひるがえってみれば守山城じたいが内膳の娘婿の城だったから、その死は内膳が謀ったという見方も立った。

　三河も尾張もまとめて跡を継ぐはずだった仙千代君は、あの一事で帰る城を失い、誰を信じることもできない渦の中へ放り込まれた。

「由扶には策謀としか思えませぬ。あのお優しい弥七郎殿が清康公を殺められたなどと、何かの間違いでございます」

　お由扶は膝をにじった。

「弥七郎殿がわけもなく、そのようなことをなさるはずがございませぬ」

「わけならば、あるではないか」

　弥七郎のことをいちばんよく分かっていたのは大蔵だ。人にからかわれるほどの似た者親子で、朴訥《ぼくとつ》にいくさ場でのみ働く大蔵を、弥七郎は誰より慕ってくれていた。

　その大蔵が奉公一途できた清康公に内通を疑われ、切腹したと聞かされたのだ。弥七郎が錯乱したのも無理はなかった。

「ですが、そのように大それたことを、まこと若様がなさったのですか」

　卯作が未練を言う。

「弥七郎がやったのでなければ、儂がお由扶を手にかける道理がないではないか」

　誰がわざわざ己の子を殺しに伊勢から駆け戻るだろう。四月余りをかけて吉良氏を見極め、信を置いてようやく仙千代君から離れることができたのだ。

　だが腹の子に始末をつければ、大蔵はまたすぐに仙千代君のおそばへ戻る。

「旦那様が参られるまでは、弥七郎殿の一件は偽りだと思うておりました」

「そうか。それは気の毒をしたの」

「ならば、なにゆえ松平家にただ一つ残された宝を……、仙千代君を旦那様に託してくださったのでございますか」

大蔵はそっと顔を背けた。

それを決めたのは奉行の鳥居忠吉《とりいただよし》だった。大蔵にとっては父ほどの年で、岡崎にいた時分は弥七郎ともども目をかけられていた。

ずっと清康公のそば近くに仕え、内膳との争いもつぶさに見てきた男だから、いくさの前に大蔵内通の噂が出たときもまるで取り合わなかった。

弥七郎があのことを起こしたとき、その場で腹を切ろうとした大蔵を止めたのが忠吉だ。

「儂だけは早う己に始末をつけねばならぬ。だが仙千代君を預かっておる今はまだ行けぬ。だが、いずれは行く。儂もあとから必ず行く！」

「腹の子は男と決まったわけではありませんぞ！」

卯作が遮ったとき、お由扶が太刀を後ろへ投げ捨てた。

大蔵の太刀は吸い込まれるように庭の暗がりへ消えていった。

「何をするのじゃ、太刀は侍の命ぞ……」

言いながら大蔵は板間に突っ伏した。声は獣の咆哮《ほうこう》のように闇に響いた。

お由扶の生きて動く姿を見て、声を聞いてしまえばもう斬ることはできない。仙千代君は明日の命すら知れぬのに、大蔵の子だけは日一日と大きくなっていく。

内膳の目を盗んで音信を取り合っている岡崎衆も、いつまで仙千代君を待ち続けるか分からない。岡崎城は変わらずに立っていても、仙千代君は戻ることができない。あの天守で、今夜もわがもの顔で眠っているのは内膳だ。

だが仙千代君からあの城を奪ったのは大蔵なのだ。三河はおろか尾張までも呑むはずだった清康公が死んだのは、愚かにも大蔵が生まれ、生きてきたからだ。

拳で板間を叩き続ける大蔵を、もう一人の己が見下ろしているようだった。この惨めな男がこのまま別の誰かになればいい。仙千代君を預かってさえいなければ、大蔵は今すぐにでもこの世を去る。

お由扶が鼻で息をつき、うんざりと口元を歪《ゆが》めた。

「めめしいこと。旦那様は内膳から御城を取り返されぬのですか」

とんだ見込み違いでございましたと言い捨てた。

「放っておいても仙千代君はつつがなく岡崎へお帰りあそばしましょう。仙千代君の身に万一など起こるはずがございませぬ。旦那様ごときに松平の御家が滅ぼせるものか」

「お由扶……」

風を切って、お由扶の手のひらが大蔵の頰を張った。

「泣いておられるひまがあれば、早う仙千代君の御許《おもと》へお戻りなさいませ」

身重の女とは思えない力で、お由扶は大蔵を縁側へ転がした。

「旦那様に指図されるまでもない。腹の子の始末は、由扶が己でつけまする」

さあ、とお由扶は庭を指さした。

大蔵は唸《うな》り声《ごえ》を上げて飛び出した。

お由扶の捨てた太刀が畝に突き刺さって禍々《まがまが》しい光を弾いていた。

二

清康公がみまかって一年半が過ぎ、大蔵はこの日、仙千代君とともに岡崎へ帰りついていた。主がいないあいだにも草木は育ち、庭の櫟《くぬぎ》では蟬《せみ》がけたたましく鳴いていた。

岡崎城下の大蔵の屋敷は内膳の郎党が使い続けていたようで、玄関と窓が風通しに細く開けてあった。それはまるで、今朝がた大蔵がそのままにして出かけたかのようだった。

――今夜もお由扶殿のもとへ参られますか。それとも先に胡瓜《きゅうり》の漬け物でも齧《かじ》られますか。

木戸を押して中に入ったとき、今にも弥七郎が出迎えて、昨日の続きでそう声をかけるような気がした。

伊勢から三河、さらには遠江と、諸国をさすらってきた仙千代君は元服して広忠《ひろただ》公と名をあらため、もう十二の少年の面差しはなくなっていた。短い生涯に数多《あまた》の城を切り取った清康公の嫡男は、放浪のあいだに人より早く大人になった。

守山崩れのあと、叔父の内膳は後継面で岡崎城に居座ったが、城にとどまった清康公の譜代は、守山の家士たちと音信を絶やさなかった。他国への手前、家督を争っているようには見せなかったが、遠江の今川《いまがわ》家が仙千代君と結んだと知らせることで、内膳自らに岡崎城を退かせるように仕向けていった。

そうして天文《てんぶん》六年（一五三七）六月、仙千代君はようやく岡崎城に戻ったのである。

――初陣というに、辛《つら》くはないか。

もう今では一昨年の冬になる守山に入った晩、大蔵は弥七郎と並んで小さな火に手を炙《あぶ》っていた。

内膳に通じていると囁《ささや》かれていた大蔵たちは、岡崎を出立する刻限まで偽りを告げられた。馬を必死で駆けて殿軍《しんがり》に追いついたときには、清康公はもう尾張に蹄《ひづめ》を入れていた。

守山では焚《た》き火《び》の輪のどこにも加えてもらえず、大蔵と弥七郎は二人きりで堀端で火を熾《おこ》した。内膳はいっこうに清康公に合流する気配を見せず、間者が放たれているという風聞が陣のあちこちで流れていた。

――なに、此度《こたび》のいくさで百人力の働きをしてみせればよいのです。

弥七郎は拗《す》ねもせず、逆に大蔵を励ますように明るく笑いかけてきた。

――弥七郎とて父上に遅れを取らず、殿の信にお応えいたします。さすれば岡崎へ帰る頃には皆の心も変わっておりましょう。

ただでも気が高ぶる初陣に、弥七郎には話をして紛らせる友もいなかった。明け方に目を覚ましてみると弥七郎は身を縮こめて眠っていて、大蔵は見ているのも憐《あわ》れでそばを離れた。

織田方を見定めるつもりで物見櫓《ものみやぐら》に登り、下が騒がしいので戻ったのは四半刻ほど経《た》ったときだろうか。あとは夢中で清康公の館へ走り、やにわに襟首をつかまれて、あの骸を見た。

大蔵は顔をしかめて勢いよく両頬を張った。気が緩んだのか、いやな風に懐へ吹き込まれたようだった。

やはり先に済ますかと思い直して向きを変えたとき、木戸から男が入って来た。

夏というのに藍の首巻を掛け、臆面もなく笑いかけている。

「ようやったのう、大蔵」

忠吉が軽く手を上げてみせた。吐く息が白くないほかは、あの師走に守山で別れたときとそっくり同じだった。

「おぬしが死ぬるのではないか、気がかりでな」

そうだろうと思ったから、大蔵も笑い返した。

「あいにく儂は、死に遅れでござってな。清康公より一刻でも長く生きた身が、今さら腹を切っても、恥の上塗りでござる」

仙千代君を岡崎へ連れ帰り、やり遂げたつもりだと言われてはかなわない。己の罪がその程度で消えぬことぐらい百も承知だ。

「儂は広忠公のお命の楯《たて》となるまでは、腹は切りませぬぞ」

「今日まで楯になったではないか」

「なんの。殿が岡崎城にお戻りになるは当然至極。大蔵めは当たり前の旅の供をしただけにござる」

「言いおるわ」

忠吉が笑ったとき、ほんの寸の間、蝉の声が止《や》んだ。

この流浪のあいだに忠吉は五十に、大蔵は三十三になっていた。

弥七郎も生きていれば十七だから、まだまだ広忠公の御役に立つこともあったはずだ。

ついそんな詮無いことを考えて、大蔵はまたあわてて頭を振る羽目になった。

「一年半でございますな。やはり、どこの誰かは分かりませなんだか」

忠吉は黙って目を伏せた。すまぬと囁いたらしいが、再び鳴き始めた蟬のせいでよく聞こえなかった。

大蔵は軽く頭を下げて前を通った。

「今から参るのか」

足を止めずにうなずいた。振り返るつもりはなかった。

「もはや守山の一件は忘れることじゃ。弥七郎が憐れぞ」

「左様でございますな。したが、あの折はよくぞ信じてくだされました」

「儂も弥七郎の性根は、よう知っておったゆえな」

殿も、とつぶやいて忠吉は櫟を見上げた。

「道具使いされた弥七郎とおぬしじゃ。内膳の息がかかっておらぬのは、ものの理であろう」

忠吉が櫟の幹を叩くと、蟬はぴたりと鳴き止んだ。

清康公の亡骸《なきがら》が寝間に横たえられたとき、大蔵は脇差を抜いた。押し黙って懐をくつろげたが、その手は後ろから捩《ね》じり上げられた。

――はやるな。おぬしまで腹を切れば、企てが潰《つい》えたゆえじゃと言われるばかりではないか。

あとは幾人もの家士にのしかかってこられ、気がついたときには庭の大木に括《くく》られていた。

思い知れとばかりに清康公の寝所が目の前にあった。沓脱の横に落ちていた弥七郎の手首はどこへか片付けられて、血溜《ちだ》まりは大蔵の膝先で日ごとに黒く土に消えていった。

そうして幾晩経った後だろう。爪で掻《か》いたような月が中天を過ぎていたときだ。辺りは暗く、だというのに大蔵の目は冴え返って闇を見ていた。

やがて背の低い影が大蔵の前に屈みこんだ。

首巻が風に揺れていなければ、ようやく死神が迎えに来たと喜ぶところだった。

――おぬしには死は易《やす》かろうがの。

忠吉が宙を見上げたとき、その目の先には月にかかった雲があった。

――生きて、清康公のおために働いてこそ、疑念も晴れるのではないか。

――もはや儂の知ったことではござらぬ。この縄目を解いてくだされぬか。

今さら何をしようと取り返しはつかない。名を惜しむことなど、大蔵には許されない。

だが忠吉は、腹など切らせるものかと笑い捨てた。

――岡崎衆の火急第一は仙千代君をお守りいたすこと。すべては仙千代君を無事に岡崎城へお連れしてからじゃ。

清康公の死が三河に伝わってすぐ、岡崎城には内膳が涼しい顔で入ったという。それこそ清康公と長く家督を争ってきた叔父だから、守山に取り残された岡崎衆は仙千代君ともども進退窮まっていた。

忠吉は膝を叩いて立ち上がると、桶《おけ》の水を頭から浴びせた。

――おぬしの腕を見込んで託す。仙千代君を伊勢へお連れせよ。

だが大蔵は耳を閉ざしていた。

清康公は大蔵には、仙千代君に手を触れさせたくもないだろう。大蔵が松平家のためにあと唯一しなければならないのは、今すぐ己の命を絶つことだ。

大蔵は声もなく泣いていた。

弥七郎も大蔵も、清康公の御役に立つことだけを考えていた。内通するだの企《たく》むだの、人を出し抜くような手管は生まれつき持ち合わせていなかった。持とうとも思わなかった。

だからこそ弥七郎は、大蔵が清康公に疑われたと知って乱心したのだ。弥七郎にとっては、大蔵が死を賜ったことよりも忠節を疑われたことが堪《こら》え難かった。

――では誰が弥七郎に、おぬしが殿の命《めい》で腹を切ったと告げおった？

師走の、ときおり白いものが舞う夜だった。水びたしの衣に刺すような風が吹きつけて、急に大蔵は歯の根が合わなくなった。

――考えてもみよ。弥七郎のほかに、大蔵が死んだと聞いた者などおったか。

忠吉の首巻が静かに風にもてあそばれていた。

あの日、大蔵は清康公に死を命じられてはいなかった。そもそも清康公は、大蔵を疑ってさえいなかった。

「御奉行……」

あの言葉が大蔵の目を覚まさせた。

出陣に遅れたときも、清康公は必死で追いついた大蔵に、ただ微笑《ほほえ》んでうなずいていた。誰が何と噂をしても、清康公の振る舞いは変わらなかった。

その清康公が大蔵を切腹させたと、誰かが弥七郎に告げたのだ。

忠吉はあのとき大蔵の肩を揺すぶって誓ってくれた。

儂はそれが誰かを突き止める。弥七郎に偽りを告げ、錯乱させた者をあぶり出す。だから大蔵は仙千代君を連れて落ちのびよ、と。

「御奉行のことじゃ。この一年余、さぞや手を尽くして捜してくだされましたろう。かたじけのうござった」

木戸をくぐるとき、今度は忠吉の詫びがはっきりと聞こえた。

弥七郎に偽りを告げる者があって、あのことは起こった。弥七郎を陥れたその者だけは、大蔵は許せない。だから大蔵はまず仙千代君のために働いたのだ。

そして仙千代君を無事に送り届けた今となればつくづく思う。大蔵が死ぬなら、あの守山で、弥七郎とともにでなければならなかった。

あれから一日でも生き恥をさらした大蔵は、もはやその者を捜して生き続けていくしかない。忠吉に詫びてもらうことではなかった。その者を見つけるのは他の誰でもない、その者がたしかにいると信じている大蔵だ。


生け垣から中を透かすと、畝には茎の太い大根葉が生えそろっていた。隅の物干では白布が風をはらんで翻り、襖は左右に開け放たれて、あの夜とはすべてが少しずつ違っていた。

大蔵は畝をよけて外側を回り、そっと縁側に腰を下ろした。しぜんに草鞋に手が伸びたときには、勝手なもので今日は脱ぐのかと己を嘲っていた。

横手の土間で、水瓶《みずがめ》にこつんと柄杓の撥ねる音がした。

足音が小走りで近づいて奥の障子が開いた。

「旦那様……」

卯作が頬かむりを解いて板間に手をついた。その頬を涙が伝って落ちた。

「息災にしておったか」

顔を隠すようにして、卯作はいよいよ深く頭《こうべ》を垂れた。

黒く光った板間に、卯作と簞笥の影がほのかに映っている。あの夜と違うのは、まだ明るい日が差して、お由扶の寝間がしまわれていることだ。

寝間のあった傍らに、大蔵の太刀が搔いた筋が無数についていた。

猫の爪痕のように弱々しいそれを、大蔵は指でなぞった。

「お由扶は無事であろうの」

卯作は涙を拭きながら、ただ繰り返しうなずいた。

日差しの中では髷はまだ黒々として、今では大蔵のほうがよほど老いて見えるかもしれない。大蔵は守山の大木に縛られているあいだに髪がすべて白く変わっていた。

「お戻りなさいませ」

板間に細い臑《すね》が映った。

目を上げると、なじみの野良着に黒地の帯、そして胸に白布でくるんだ膨らみを抱いていた。

「お由扶も変わらぬの」

いや身二つになったかと、白布に目を這《は》わせたままぼんやりと考えた。

大蔵の指先ほどの小さな拳が、白布の外に覗《のぞ》いていた。生まれたのは去年の早い夏のはずだから、じき一年だろう。大蔵が襲ったとき、その赤児はお由扶の腹の中でもう十分に大きくなっていた。

大蔵のやったことを知らぬはずがない。

「さすがは男でございます。乳が欲しゅうなると、それは大きな声で泣くゆえ難儀いたします」

大蔵は膝頭を握りしめた。やはり男だったのだ。

そのときお由扶が卯作を振り向いた。

「旦那様、赤児の敷寝をお願いしてもよろしゅうございますか」

大蔵は目をしばたたいた。卯作が素早く立ち上がって、上掛けを小さく四つに折っている。

「かたじけのうございます」

お由扶が会釈したとき、卯作は肩を震わせてひれ伏した。

お由扶は上掛けに赤児を横たえると、大蔵のほうへ向け変えた。

赤児は静かな寝息をたてていた。

「そうか。儂の子ではないか」

この一人前の形をした小さな唇はもう母を呼ぶのだろうか。笑えば頬が膨らみ、むずがって足を蹴り、この手のひらを開くのだろうか。

大蔵の身は穢れていても、この赤児は清らかだ。

抱けば二度と離したくはないこの赤児に、大蔵はもう決して近づかない。だからこの赤児を生きさせてほしい。

「……抱かせてはもらえまいか」

お由扶は黙って目を伏せた。

頬をつけると、この世にこれほど愛しい宝はなかった。遠い昔に弥七郎に同じようにして、やはりそう思ったものだ。

「煩いがすべて消えたときには、名乗り出てもよろしゅうございますか」

「不憫《ふびん》だが、そのようなときは来ぬ」

仙千代君が岡崎に戻ろうと、大蔵の咎《とが》が消えることはない。清康公が生きていれば降るはずのなかった災いが、これから先も松平家には纏《まと》いついていく。

この赤児が己の血を恥じずに生きられる日は来ない。

「では松平家の災いがすべて消えた折は如何《いかが》でございます」

お由扶は勝ち気な笑みを浮かべてそう言った。

清康公が生きておわせば松平家は、三河はおろか尾張も手に入れていた。ならばいつか、それを超えたとき――

「広忠公が天下をお取りあそばしたときは宜《よろ》しゅうございますね」

大蔵はあっけに取られて口を開いた。

「それはまた壮大な……」

懐かしい剛毅な目が大蔵を見据えた。

「たとえ広忠公が三河一国で終わられようと、その次は広忠公の御子がおられます」

力強く言い切って空を振り仰ぎ、大蔵もつられてその先を見上げた。

雲間に延びた街道を、万軍の兵がゆっくりと歩んでいた。

堂々と馬に揺られる大将の周りに無数の幟《のぼり》が立っている。高々と掲げられたあれは三河岡崎の、松平家の旗印だ。

大蔵はもう一度、赤児の頬に頬を重ねた。

赤児の熱が伝ってくる。小さな手のひらを力いっぱい握りしめ、そこに何も摑《つか》んでいないことなどあるだろうか。

大蔵の咎は消えることはなくても、赤児には皆、まっさらな明日が来る。

「お由扶の申す通りじゃな。ああ、そうなればかまわぬ。そのときは名乗って出よ」

ついに大蔵は笑い声を上げた。わっと赤児が泣き出して、お由扶と顔を見合わせた。

大蔵は赤児をお由扶に返した。赤児とお由扶に触れるのは、これが最後だ。

大蔵は草鞋をはいて庭に下りた。

ゆっくりと杉戸のそばへ来て振り返ると、お由扶は赤児を抱いて縁側に立っていた。大蔵が最後に目に焼きつけたお由扶は、唇を嚙《か》んでじっと雲のあわいを見つめていた。

二　戻橋

一

於大《おだい》が生まれたのは三河刈谷《かりや》にある小さな城だった。昔から刈谷の西には織田家が、東には松平家があったが、当時は三河岡崎の松平清康が破竹の勢いで、於大の父は清康に臣従の形を取っていた。

於大は十四で清康の継嗣、広忠とめあわせられたが、当時十六歳の広忠はすでに岡崎城の主となっていた。

「刈谷から嫁いでまいりました夜、妾《わらわ》がはじめに何と申し上げたか、殿は覚えておいでございますか」

岡崎城下で病を養い始めたとき、於大は広忠にそう尋ねた。於大はひと月前に城を出され、城下の家士の屋敷で床に就いていた。

忘れるものかと、広忠は屈託もなく微笑んだ。広忠が城主になったのは十二のときだというが、竹千代《たけちよ》を授かった後も押し出しが弱く、於大にも少年のように細やかに笑顔を見せた。

「わが父はむごい男だったと、於大は申したな」

祝言の夜のことだった。於大は眦《まなじり》を決して言ったのだが、広忠は何もかも吹き飛ばすように豪快に笑い返した。

――おう。あれはいかんな。私もあの一件は未だにそう思う。

その一言で於大は広忠に打ち解けた。於大はただ刈谷と岡崎の誼《よしみ》のために嫁いで来たが、あのとき初めて、広忠と夫婦になるのは悪くないと思った。

だがそれまでの於大は岡崎を憎み抜いていた。広忠の父、清康がかつて刈谷の誠心をあっさりと踏みにじり、於大の母、華陽院《けよういん》を側室にしたからだ。

まだ幼かった於大には、妻を奪われた父の心などよく分からなかった。だが父がそれでも清康に従い続けたことが、この世は力がすべてなのだと於大の胸に諦めの種を植えつけた。

その父が於大まで松平家に差し出すことに決めたとき、すでに清康はこの世になく、華陽院も岡崎を去っていた。

ただそれでも刈谷が松平家に従い続けることに変わりはなかった。

「殿は今、その父君と同じことをなさろうとしておいでです」

於大は寝床から下りてまっすぐに広忠を見据えた。

開け放った障子の先にはみすぼらしい岡崎城の土塁が覗いていた。あんなものを立たせておくために竹千代と別れよとは、獣よりも情のない鬼の言うことだった。

「男の勝手で赤児から母を奪うとは、いったい御仏はこの世のどこにおわすのでございましょう」

於大が張った胸にそっと手を当てたとき、傍らでふてぶてしい咳払いが聞こえた。

「御台様《みだい》にも少しは弁《わきま》えていただきませんとな」

いつも差し出口を挟むのは鳥居忠吉だった。忠吉は岡崎の郷村の総奉行で、松平家の先代から仕えてきた一の譜代だが、嫁いでまだ数年の於大にはその人柄がよく分からなかった。歳は五十を過ぎているというが、いやに若やいだ藍染めの首巻をして、真夏でも寒そうに首をすくめている。

この男が今川の顔色を窺い、どこからも何も言われぬ先に於大を離縁させることに決めたことは知っている。

「御台様はもう咳もなさらぬ。お顔の色艶もうるわしい。そろそろ病も癒えてまいられたことでござろうの」

「忠吉」

広忠が遮った。

「於大は咳が内に籠もる重い病じゃ。まだ本復はしておらぬ」

於大は急いでこほんこほんと咳を重ねた。

だが忠吉は呆《あき》れた顔つきで於大と広忠をかわるがわる眺めた。

「いつまで引き延ばせるものでもござりませぬぞ。これでさらに御台様が身籠もりでもなされば、憐れはそのややでござる」

面憎げに言い放ち、忠吉は寝所を立った。かたときも城主のそばを離れないはずの老臣が、広忠を残して足早に城へ戻って行った。

昨天文十二年（一五四三）の夏、於大の父が死ぬと、刈谷の城は於大の異母兄が継ぐことになった。刈谷は尾張との国境で三河の松平方についていたが、於大の異母兄というのは、かねがね松平に対して弱腰の父に面と向かって意見するような男で、父が死ぬとあっさりと松平から織田へ鞍替《くらが》えをした。

それならそれで、松平で嫡男もあげていた於大は生家とは袂《たもと》を分かち、岡崎で生きる定めのはずだった。だが松平家は清康が死んでから勢力を失い、遠江の今川家の庇護を受けていた。生家が織田方についた於大が広忠の妻でいるかぎり、今川には松平の寝返りを勘繰られることになった。

今川にとって松平は織田に向かう前哨《ぜんしよう》の砦にすぎず、いつ織田方についてもふしぎはなかったからだ。

――かくも危なげな松平など今のうちに呑んでしまえと、今川ではさぞや息巻いておりましょうな。

先の先まで読みきったとでもいうように、忠吉は賢《さか》しらな口をきいた。ここは一つご辛抱くだされと、涙ながらに頭を垂れてくるようなこともなかった。

いっそ今川へ泣訴すると於大が声を荒らげると、

――女子《おなご》はこれじゃ。

賑々《にぎにぎ》しい藍の首巻を後生大事に撫でさすり、老いて白く濁った目玉だけを小莫迦にしたように於大のほうへ動かした。

このまま襟元に飛びついて、その首巻で首を絞めてやろうかと於大は思った。嫡男さえ手に入れば正室のかわりはいくらもいると侮っているのは明らかだった。

「私がどれほど於大をかけがえなく思っているか、そなたはよくよく存じておろう」

このひと月、広忠がそう言うたびに於大は笑って頷き返した。

於大は分別のある正室を装い、病のふりで出立を先延ばしにしてきたが、それもひと月がせいぜいだった。

「於大はまだ本復しておらぬな」

広忠が意気地なく肩をすぼめ、そばで侍女がそっと涙をぬぐう。

だが於大は決して泣くことはない。座敷の鴨居《かもい》には大きな鳥籠がかけてあり、鷹《たか》が羽繕いをしながら於大たちを眺めている。その冷めた目の先にあるのは柔らかい頰をした竹千代だ。

竹千代を思うと於大は腹に力が入る。聡《さと》い赤児で、目を閉じているときでさえ些細な気配に耳をそばだてるようなところがある。竹千代が泣きもしないのに母親が泣くのは愚かなことだ。

竹千代は鳥が好きで、一人で伝い歩きをして鴨居の下まで行ったことがある。中の鷹はほとんどまばたきもせず、鋭い嘴《くちばし》を竹千代の頰に向け変えた。

あの鷹にとって竹千代がただの肉塊であるように、三歳の幼子には三河も尾張もない。生まれた世が戦国であろうと、この城が尾張と遠江の狭間《はざま》にあろうと関わりはない。

ただ女親を欲しているだけなのに、なぜ男は母の手から子を取り上げるような国しか作ることができないのか。

於大は寝間の横で大きく伸びをした。忠吉に言われなくても、十七の若い身でいつまでも病を装っているのは飽きてきた。

「そもそも刈谷の兄は、妾をものの数には入れておらぬのでございます」

のどかにぽっと口を開いた広忠の横で、竹千代は澄んだ両目で一点を見つめている。周囲の諍《いさか》いなど聞き飽きたのだろう、鳥籠の鷹ばかり眺めている。

「兄は昔からそれは酷薄な男でございました。妾が岡崎に嫁ぐときも、そのような生ぬるい手を使うゆえ刈谷はないがしろにされると癇癪《かんしやく》を起こしたものでございます」

於大を惜しんで言ったのではなく、父親にも一瞥《いちべつ》をくれただけだった。やにわに庭先の池に飛び込むと、浅瀬で仁王立ちになり、太刀を抜き放った。

——妻を取られ、そのうえ娘まで遣わして、何が和睦じゃ。

ぱっと泳ぎ離れた鯉を素手で二尾も掴み上げ、土に叩き落とした。皆があっけに取られている目の前で、まだ跳ねている鯉を重ねて、刀を突き立てた。

今、於大の前で目を丸くしている広忠は、喘《あえ》いでいたあのときの鯉とそっくりだ。嫁いで三年、広忠に刈谷の兄のような烈《はげ》しさを見たことはない。

「松平の血筋はどこまでお気が弱いやら。父君からして、叔父君に強く挑まれませんでしたもの」

ふむふむと、広忠はさも得心したように頷いてみせる。

清康は生前、家督を窺う叔父、信定《のぶさだ》に始終手を焼いていた。挙句の果てに己が先に没したが、信定はどうもその死にも関わっていたと言われている。

そんなことすら於大は広忠には聞かされなかったが、清康が死んで広忠が信定に岡崎城を乗っ取られたことは、三河はおろか尾張にも遠江にも知れ渡っていた。だが諸国を流浪して岡崎城を取り返した広忠は、それこそあっさり信定と和睦して元の間柄に収まったのだ。

於大は座敷を立って出た。

縁側の向こうに、あれでも城かという粗末な館がすっぽりと収まって見えている。あの城へ十四で嫁いで来て、十五で竹千代を授かった。いつ他国に攻められるか知れたものではなかったが、ついに軍勢に囲まれるような危うい目には遭わなかった。

於大はこの三年、外が乱世であることも、岡崎の安寧が薄紙一枚できわどく保たれていることも忘れて暮らしていた。

「刈谷の兄は、己のほうが大きゅうなれば岡崎を踏み潰すと存じます」

「ああ、義兄上ならば左様であろうな」

広忠はどこまでも気性がぬるい。竹千代の頰を指でつまんで笑っていたが、のんびりと縁側の於大のそばへやって来た。

「それゆえ私は潰されぬように懸命に働かねばな。私はどれほど大きくなろうと於大の家は潰さぬゆえ」

於大はうっとりと目を閉じた。これから刈谷に戻され、すぐまた他所《よそ》へやられることは分かっているが、誰と夫婦になろうと生涯慕い続けるのは広忠だけだ。

「殿のお言葉には実がございます。殿は兄の命までは取られませぬが、刈谷の兄はそれでは済ませませぬ。それゆえ妾はどこにやられても殿のご武運をお祈りいたします」

「かたじけないことだ」

「刈谷の兄はいくさ上手でございますよ」

「存じておる。だが私とて負けはせぬ」

そう言ってしばらく二人で丘に建つ城を眺めた。

於大が刈谷に戻されると決まってから、日は早く落ちるようになった。九月の岡崎は、広忠が城下を訪れる刻限にはすでに闇がかかっている。

岡崎城は石垣も持たず、初めて見たときは刈谷の城とさして変わらぬと驚いたものだった。広忠は十歳で父を亡くしてあの城を追われ、今川の助力を得て二年がかりで戻ったという。それから爪に火をともすようにして少しずつ手を入れてきたが、今もまだ内に籠もって戦えるような堅牢《けんろう》な造りではない。

あと五年もすれば破風《はふ》の美しい城に住まわせると広忠は幾度も言ったものだ。竹千代を抱き上げるたび、清康の時分の広い領分を取り戻してやると目を細め、於大に優しく笑いかけてきた。だがもう於大があの城に住むことはない。大きな城も広い国も望みはしなかったのに、御仏は於大の手からすべてを奪っていく。

「夕日を浴びると、なおいっそう無惨な城だ。せめて石垣は早う拵《こしら》えねばな」

「殿はなにゆえ城のことばかり申されますのか。どうせ忠吉の受け売りでございましょう」

吝《しわ》い年寄りだ。郷村の租税に通暁し、城の蔵にちまちまと銭を貯《た》めては悦に入っている。そんな家士らの繰り言を広忠はいつも律儀に終わりまで聞く。だから忠吉たちが於大を刈谷へ返せと声をそろえたときも、広忠は遮ることなく最後まで話させたのだろう。

それでも結局、於大を返すと決めたのは広忠だ。たとえ忠吉たちがどれほど諫《いさ》めても、城主の身にできないことはない。

「いっそ妾を斬って、骸を刈谷に送り返せば如何でございます」

「ならば竹千代は、母を殺めた父に育てられるか。不憫な子だ」

広忠は愚直にすぎるが、口は巧みだ。今も心底憐れむような顔をして於大と竹千代を顧みた。

竹千代は飽いた様子もなく鳥籠へ目をやっている。あの子は父の優しさを持つか、母の強さも受け継ぐか。

「竹千代も母の涙を見るのは辛かろう。泣いてもどうにもならぬなら、私はそなたの笑顔だけ覚えていよう」

「では妾が泣かずに岡崎を去れば、殿は何をくださいますか」

妾は気が強うございますよと、於大は微笑んだ。

「もしも妾が笑って岡崎を去れば、殿はいつか於大の願いを聞き届けてくださいますか」

「私にできることならば、泣こうが泣くまいが、於大の願いは今すぐ叶えてやりたいものだ」

まるで願人坊主のように回る口だが、於大は耳をそばだてずにいられない。

広忠は夕暮れの秋空を見上げた。

「私は手始めに三河安祥《あんじょう》を取り返す」

「安祥城を？」

清康が本拠の一つとしていた松平家の旧城だ。だが今は尾張の織田家に奪われ、逆にこの岡崎城をもっとも圧する砦となっている。

「三河安祥が戻れば、義兄上も考え直してくだされよう」

「まさか、殿」

広忠は於大を岡崎へ連れ戻してくれるのか。

「秘するが叶うと申すそうにございますが」

「そのような気遣いはいらぬ」

広忠は朱色の雲を目で追った。

「たとえ於大がどこへ嫁しておろうと別れさせる。三河安祥が落ちたという知らせを、そなたは楽しみに待っておれ」

岡崎城が今川の助力なしに立ち、三河安祥城が戻って織田家と五分になれば、於大の夢は夢ではなくなる。

「私はあの父の子ゆえな。人の妻を奪うなど、何ほどとも思わぬ」

広忠の乾いた笑い声が夕空に上っていった。


その朝が来ると忠吉はついに於大を城へ招じ入れた。

このひと月、於大が城下にいるために広忠も夜になると城を空け、竹千代もずっと於大の手元に置くことを許されてきた。忠吉は腹に据えかねていただろうが、広忠の命じたまま夜は黙々と屋敷を守り、老いた髷をさらに薄くしたようだった。

岡崎で最後の日が昇り、あっけなく中天へ動いて行く。於大と広忠にいちばん振り回されたのは、もしかすると忠吉だったかもしれないと於大は唐突に思った。

だが城に登っても広忠はいなかった。明日の出立に備えて矢作川の下流を見回りに出かけたそうで、夕刻まで戻らないというから身体の力が抜けた。

於大は広忠の居室で竹千代を抱き、ぼんやりと壁にもたれていた。竹千代の姿が見えなければ鷹が騒ぐといって、忠吉は鳥籠まで運びこませていた。

広忠の居室は床の間の中央を柱で分かち、片方が違い棚になっている。床板に置いた口のすぼんだ壺《つぼ》は於大が刈谷から携えて来たもので、風呂敷を解いて見せたとき広忠が拳を作り、壺口に入らぬと笑っていたのが懐かしかった。於大が踵《かかと》を入れてみせようと片足を上げたとき、しかめ面で咳払いをしたのが忠吉だ。

忠吉は鳥籠を欄間にかけて、しばらく下から眺めていた。だが鷹がまるで忠吉を見ないと分かると、正面の襖障子を開けて居室の隅に腰を下ろした。

於大の目の先に家並もまばらな城下が広がった。

先代清康の時分には家士も今の倍はいたというが、空いて荒れたままの家屋敷というのは遠くからでも気配で分かる。

——案ずるな。今に私が父上のように強うなれば、皆戻ってくる。私の働きで竹千代には家士を増やしてやるぞ。

広忠が縁側に立ってそう言った日が、はるか昔のようにも、昨日のことのようにも思える。

「殿はいつお戻りになるのです」

「今しばし」

忠吉がそっけなく応える。

忠吉は刈谷が織田へ寝返ってからは広忠よりも於大のそばにいるほうが多く、女の頑《かたく》なさにほとほと倦《う》んでいるようだった。

於大はため息をついた。忠吉は、於大は鬱陶しいが、竹千代が気がかりなのだ。於大が一度、竹千代を抱いて岡崎から逃げようとしたからだ。

——当家の宝の竹千代君をいずこへ連れまいらせるおつもりじゃ。愚かなことをなさるものではない。

城下へ出るどころか城の大手門をくぐる手前で、於大は猫のように着物の襟首をつかまれた。竹千代はあのときも今も、何も知らずに於大の胸で目を閉じている。

だが明日になれば於大は矢作川を船で下り、刈谷へ返されてしまう。竹千代とともにいられるのも、あと何刻のことか。

於大は大きく息を吸い込んだ。

「襖を閉めよ」

控えていた侍女が顔を上げ、忠吉を振り向いた。

忠吉は好きにさせよというように慇懃《いんぎん》にうなずいてよこす。

「御台様、竹千代君をこちらへいただきましょうかの」

於大は舌打ちが出かかったが、素直に差し出すことにした。

竹千代が小豆の粒のような目をぱちりと開いて於大を見た。

於大はそっとうなずいた。これほど愛しいものと別れるくらいなら死んだほうがましだ。

そのときぐらりと影が落ちて忠吉が竹千代を抱き取った。忠吉の手はそのまま於大の襟を開き、胸に触れた。

「何をするのです」

「滅多なことをお考えになっては当家が大迷惑」

忠吉は涼しい顔で於大の懐剣を抜き取ると、傍らに座り直した。

於大はかっと頭に血がのぼって立ち上がった。

「誰が死ぬものか！」

あまりの大きな声に、侍女が当て身でもくらったように後ろへ仰《の》け反《ぞ》った。

於大はそのまま両手を伸ばし、襖へ突進した。

「ええい――」

思い切り力を入れて襖を押した。

「ええい、ええい――」

だが襖はびくともしない。

於大は生まれて初めて、腰よりも高く足を上げた。

力いっぱい蹴りつけると、襖はようやく縁側へ倒れていった。

「御台様、お鎮まりを」

侍女が声を震わせて手を伸ばしたが、於大は腕を振り回して蹴散らした。

「と、鳥居様」

若い侍女はあっけなく尻餅をついて泣き出した。

於大はそのまま隣の襖へ走った。走った勢いをこめて、片足で飛び上がって襖の引手を蹴った。

「御台様！」

鈍い音がして襖が真ん中で大きくへこんだ。

於大も押し返されて倒れたが、すぐに立って、もう一度同じへこんだところを蹴りつけた。幾度も足を振り上げて、ようやく襖に穴が開いた。布地が剝がれ落ちて中の木骨が突き出した。

「御台様。怪我《けが》をなされては大ごとですぞ。松平が狼藉《ろうぜき》を働いたと思われては如何なさるのじゃ」

忠吉は石仏のように目を閉じている。分別臭いその声を聞くとますます腹が立ってくる。

於大は忠吉の前を大股で横切ると床の間に駆け上った。

そのまま勢いよく裾をまくって右足を壺へ突っ込んだ。

くるぶしが壺口に当たって、がつんと鳴った。於大は思いきりその足を後ろへ振り上げた。

「御台様、お止めくださいませ」

がしゃんと爽快な音を響かせて、壺が柱で砕けた。

「おうおう、御台様。そのあたりにしておきなされ。欠片《かけら》が竹千代君に飛びまするぞ」

悟りを開いたような忠吉の口ぶりはなんとしたことだ。

於大は向きを変えて、残る襖に突進した。

「ええい――」

身体をぶつけると襖は二枚そろって倒れていった。

於大は勢いよく縁側に投げ出された。髪は乱れ、全身に水を浴びたように汗をかいていた。

だが拳を握りしめて身を起こした。

「何をしておる……」

振り向くと広忠が茫然《ぼうぜん》と立っていた。

於大は肩を揺すって息をした。

やってやった、誰がしおらしく死など考えるものか。今は別れても、いつか於大はこの腕に竹千代を取り返す。

「殿！　竹千代をうつけにお育てになったら承知いたしませぬ」

広忠が呆けたように口を開いた。

妻にも家士にも憐れみ深いばかりで、これでは於大の去った後が思いやられるというものだ。

「妾はこの先どこへやられようと、竹千代の弟は誰にも負けぬ武将に育てますぞ。さきざき竹千代が弟の城に轡《くつわ》をつなぐ羽目にならぬよう、しかとお引き受けくださるのでしょうな」

広忠が弾かれたように大急ぎでうなずいた。

於大は目を吊り上げた。まだまだ足りぬ。これではまだ於大の気は収まらぬ。

「殿はこの岡崎を富ませてくださるのでございましょうな。竹千代のために、領国を広げてくださるのでしょうな」

広忠は穏やかに目尻を下げた。

だが於大は惑わされない。於大を慈しんでくれたというだけでは岡崎を離れることはできない。いつかはまた竹千代と暮らせるという将来《さき》がなければ、於大は今ここで命を絶つ。

「竹千代には三河を掌中にさせてくださるのでしょうな」

「於大……」

「妾が岡崎におれば、竹千代は間違いなく三河を取り戻す武将に育てたものを」

広忠のこの優しげな顔が不足だ。澄んで潤んだ目を向けられると、竹千代どころか広忠の先行きまで気がかりになってくる。

広忠は今日という日にも心が乱れない。背を反らして人ごとのような笑い声を上げる。

「三河を取り戻すのにそこまでは待たせぬ。竹千代には私が取った三河を足がかりに、東海の盟主となそう」

広忠は於大の蹴破った襖を踏んで居室へ入った。

忠吉から竹千代を抱き取ろうとしたとき、ふと手を止めて於大を振り向いた。

「於大、泣いておらぬぞ」

忠吉が真っ先に皮肉な笑みを浮かべてうなずいた。

「竹千代君は御台様の大暴れにも飽いたご様子じゃ。最前から鳥籠の鷹しか見ておられぬ」

忠吉が竹千代を差し上げるると、赤児はたしかに鷹だけを見ていた。

「さすがは王者の鳥じゃ。鷹は己の従う者をよう知っておりますな」

於大は顔を背けた。

「竹千代の頰は大福に似ておるゆえな。肥えた鳩《はと》とでも思うて、隙を窺っておるのであろう」

「御台様は存外、浅はかな御方じゃ。忠吉めの申すことをお信じにならぬならば、鳥籠を刈谷へ携えてまいられるがよいわ。この鷹は竹千代君のおわす岡崎ばかりを向いておりまするぞ」

「気休めを申すな！」

広忠が取りなすように手を広げた。

「そう申すな、於大。この騒ぎで泣かぬとは大した赤児ではないか」

「いかにも、いかにも。いずれは天下をお取りあそばしましょう」

忠吉の御託を、広忠は鼻の下を伸ばして聞いている。

広忠は竹千代に頬ずりした。

「そなたはこの於大の子じゃ。弟など幾人できようと負けはせぬな。褌を蹴破ったとて心は晴れぬが、蹴破らぬよりはましであろう」

「それをいちばんよう知っておられるのは竹千代君でござる」

忠吉が首巻を緩めながら笑い声を上げた。

於大が広忠と見る最後の夕日が空を染めはじめていた。

二

十人も乗れば身動きもままならない小さな船である。船足を緩める重い荷といえば陸に下りてから於大が使う輿《こし》くらいのもので、船は帆に秋風をためて勢いよく川面《かわも》を滑って行った。

岡崎衆とはともに矢作川を下り、小川《おがわ》の手前で別れることになっていた。小川というのが辺りの郷の名だそうで、於大はそこに川があったかどうかも覚えていない。岡崎へ嫁ぐとき通ったというが、あのとき於大は輿の窓を開けもせず、景色も見なかった。たった十四で生家を出され、顔も知らない相手に嫁がされるのは、人柱として堰《せき》に埋められるようなものだと腹を立てていた。

小川郷には橋がある。於大と竹千代はそこまでは共に行けるのだと昨日の夜、広忠が言っていた。

「こうも足の速い船は沈めばよい」

そうつぶやくあいだにさえ、岸辺の緑はあわただしく流れて行く。このまま水の中へ飛び込んで、三つの子を抱いて向こう岸まで泳ぎつけぬものか。

だが傍らで忠吉が冷たく言い捨てた。

「御台様は往生際の悪い御方じゃ」

人を得手勝手で右へやり左へやり、眉の一つも動かさないその顔を見るたびに、どこの家中からも家士など消えてしまえばよいと於大は思う。

於大は頬がまた攣《つ》れてきて、川面に身を乗り出した。今日ばかりは泣くものかと、船に乗る前から決めている。

広忠がそっと於大の肩に手を置いた。

「於大らしくもない。竹千代と別れるなら死ぬとわめいて、女子だてら見事に襖を蹴破ったではないか」

広忠の髷の後れ毛が心地よさそうに川風になぶられ、切れ長の目は常より透き通って見える。

於大は船縁《ふなべり》を握りしめた。

この戦国の世に、女が泣いてばかりで暮らしていけるものか。襖どころか梁《はり》にでも槍《やり》を刺し貫いて、垂木に大きな瑕をつけてやればよかった。岡崎から離れるにつれ、心残りが次から次へと水面に浮かんでは消えていく。

「もはや泣いている刻が惜しいであろうと、母から文が参りましたゆえ」

「華陽院様か。さぞ案じておいでであろうな」

ひそかに川上へ重心をかけるようにしたが、船足はいっこうに緩まない。

泣いても一日、笑っても一日。ならば竹千代には母の上機嫌を覚えさせておくことだと、華陽院には諭された。

だがその華陽院にしても於大が帰っても刈谷の城にいるわけではない。とうに他国へ再嫁し、於大ももう長く会っていない。

こんな歪んだ世に生まれた女の悲しみは男には分からない。母の乳を恋う赤児を、どこの女が置いて去れるだろう。

――いやはや、御子が父方に留められる世でよろしゅうござったのう。竹千代君は松平の子。御台様の子とみそなわす世ならば、いずれ竹千代君の命はござりませぬわ。

岡崎にいるかぎり、家士が命懸けで竹千代を守ると忠吉はうそぶいた。

落ちぶれたこの松平家でさえ、幾人もの家士がいる。そこに皆、子を持つ母があり、どれも男の一人二人は城主のために死んでいる。

竹千代は於大の胸で無心に眠っている。

このまま頬と頬が溶けて離れなくなればいい。二年足らずで引き離されるくらいなら、いっそ今ここで死んでしまいたい。

今日がたとえ十年先に延ばされても於大は許すことができない。争いが於大の手から竹千代を奪っていく。男たちはそれで岡崎の安泰が保たれるというが、竹千代と離ればなれにするくらいなら、なぜ広忠も忠吉もひとおもいに於大を殺さないのだろう。

帆柱を振り向くと、鳥籠に閉じ込められた鷹はやはり竹千代を眺めていた。

「殿。どうか行く末くれぐれも、妾と同じ心で竹千代をお守りくださいませ」

「申すまでもない。竹千代は松平の嫡男だ。今川と織田、両家とどのような間柄になろうと、竹千代のことは三河のすべてを擲《なげう》っても守る」

広忠は優しく竹千代の頬に触れる。

船はいよいよ足を速めていった。


矢作川を下った船はゆっくりと向きを変えて右手の岸につけた。

忠吉が竹千代を抱き、於大は広忠に支えられて桟橋に下りた。

「このまましばらく行くか」

広忠が於大のくるぶしを見て微笑んだ。昨日、壺へ入れたときに大きな青染みを拵えていた。後ろで船が大きく傾《かし》いで於大の輿が船から下ろされた。

「妾も歩いてまいります」

振り向くより先に、忠吉が無言で竹千代を手渡した。

竹千代はよく眠っていた。於大はその重みに幾度も足を止めながら川から離れた。

刈谷へ続く道にはわずかに田が広がっている。それがやがて木立に入り、抜ければ小川郷である。

於大の供は刈谷からともに来た侍女が二人だが、その後ろを数えきれないほどの家士がついて来た。広忠と竹千代を守るために陸を先回りして待っていたもので、忠吉などはもう一刻も早く岡崎へ戻りたがっている。この辺りは尾張も近いので、川から離れると待ち伏せがあるかもしれなかった。

だが於大はせめてあの木立までは広忠と竹千代と歩きたかった。三人でいるのはどうしてもこれが最後だという気がして、於大は歩くごとに身体が震えた。

於大は必死で目をしばたたいていた。

「殿が仰せになった橋はどこでございますか。小川の郷に入る手前にあるのでございましょう」

「ああ。今少し行けば見えてまいる。於大はそこから輿に乗るがよい」

「何と申す橋でございますか。岡崎へ嫁いでまいった折、渡った覚えがございませぬ」

「ふむ。名はなかったな」

よほど細い川なのだろうか。見渡しても田に引く用水のほかに流れはない。

於大は竹千代の寝息に耳を澄ませた。

竹千代はこのひと月のあいだにも一段と重くなっていた。これからますます可愛《かわい》い盛りというのに、抱いて歩くのはこれが最後だ。

竹千代は何も知らずに目を閉じている。だが帰りにこの子に母はいない。

「於大はさすがに乱世の女子だ。よく泣かずにここまで来た」

於大は小さく首を振った。急に刈谷へ返されると知ったときは盥《たらい》の水をぶちまけたように大泣きしたものだ。

だが子を置いて去った母は於大だけではない。華陽院も、於大たちと別れるときはこの世には神も仏もないと泣いた一人だ。

それでもこの赤児は、大きくなれば母の恨みを晴らすかもしれない。

国を作るのが男なら、この赤児は母が子と別れずに生きられる世を作るかもしれない。

「あの襖は、そのまま直さずに置いておこう」

「また空々しいことを。じきに木枯らしも吹きましょう。その前にどうぞ気兼ねなく新しゅうなさってくださいませ」

於大の後ろを空の輿がついてくる。

幾度立ち止まっても木立は近づいてくる。於大の歩く道はぬかるんで暗がりの中へ延びている。

「この辺りで戻られたほうがよろしゅうございます。木の陰には兄の待ち伏せがございましょう」

「ああ。そうかもしれぬ」

広忠は口を閉じると足が速くなる。少しは立ち止まってくれないものか。

今に道の向こうから使者が来るかもしれない。刈谷はやはり松平家につくと兄が知らせてくるかもしれない。

「川がございませぬ」

広忠は黙って指をさした。

「水というものは道を覚えている。長雨の時節になれば、そこに川ができる」

ぬかるんだ道がわずかに斜面を下り、木立を縁取る一本筋と交叉《こうさ》している。

於大の足でも十歩もあれば過ぎてしまう溝のようなものだった。

そこに割ったばかりの丸太が六本合わされて橋が架かっている。

「もしや昨日のお見回りというのは」

於大が振り仰ぐと、広忠は笑ってうなずいた。

「私が架けたゆえ、名も私が決めた」

「名を？」

「戻橋だ」

嫁ぐとき決して渡ってはならぬという橋だ。

そして旅に出るときは、必ず戻るから遠回りをしてでも通って行けという願いをこめた橋――

「あの橋からは、於大が一人で行く」

於大が息を止めて竹千代を覗きこんだとき、その両目が静かに開いた。

「竹千代……」

忠吉が近づいて於大の手から竹千代を抱き取った。

「御台様、お恨みめされますな」

於大はぼんやりとその声を聞いていた。

竹千代は小さな手で忠吉の首巻をつかんだ。ぐっと引いて離したと思うと両手で叩き、ものも言わずに笑っている。

忠吉は首巻を緩め、竹千代にたっぷりと持たせてやった。

「竹千代君はいつか必ず、万軍を率いて街道を歩かれまするゆえ」

忠吉はまた愚にもつかぬことを繰り返した。於大は大きな城も国も望んだことなどない。

忠吉が顎をしゃくると、家士が侍女に鳥籠を手渡した。

そのとき中の鷹が初めて暴れて羽ばたいた。

この鷹は於大の心だ。どうして竹千代と離れることなどできるだろう。

「御台様。この鷹はいずこにお連れあそばしても岡崎を眺めておりましょう。王者の鳥が主にいただくのは竹千代君だけでござる」

我らもまた——

忠吉はゆっくりと秋空を見上げた。

「我らは何があろうと竹千代君をお守りいたしまするゆえ。竹千代君がご成長あそばしたときこそ、女子が男の勝手で他所へやられる世は終《しま》いでござる」

忠吉の老いた目には涙が浮かんでいた。

「竹千代」

忠吉の腕の中で、竹千代が顔を上げた。

侍女と輿が先に立ち、丸木橋を渡った。

家士らは輿を木立の手前に置くと、侍女たちを残して駆け戻った。

於大はそっと丸木に足をかけた。

「於大は泣かなかった。きっと私が望みを叶えてやるぞ」

於大は顔を上げていた。あと少し、橋を越えるまで於大は笑っている。泣くのはあの木立を過ぎればいつでもできる。

「殿は妾を迎えに来てはくださいませぬ。妾のことなど、すぐ忘れておしまいになります」

「必ず迎えに行く。じきに三河安祥を取り戻し、於大を岡崎へ連れ帰る」

「清康公はたいそうな器量ごのみでございました。殿もきっとすぐに側女《そばめ》をお置きあそばして、於大のことなど忘れておしまいになります」

広忠が後ろから於大を抱きとめた。

於大は振り払うように首を振った。

もし於大に男のような力があれば、このまま広忠も竹千代も抱いて連れて行ってしまう。それなのに広忠は於大をそうしてはくれない。

於大の頬を涙が落ちた。

「殿……」

於大は袖に顔を埋め、そのまま木立へ駆け出した。

「見てはおらぬぞ」

後ろで広忠が叫んだ。

「私は於大の泣き顔は見ておらぬ。それゆえ必ず、迎えに行ってやる」

橋を渡りきって於大は振り向いた。

だが広忠は顔を背けた。片手で両目を覆うと、もう片方の手のひらで払う仕草をした。

「行ってくれ」

於大は鳥籠の鷹を睨んで目をぬぐった。

鷹は鳥籠を揺らして最後まで激しく羽ばたいていた。

三　いつかの朔日

一

岡崎城から矢作川を一刻ほどさかのぼり、忠吉たちは馬を並べて丘の突端に出た。

春三月のことで眼下には田を分けるように道が白く延び、西の三河安祥城までまっすぐに続いている。代掻きは今が盛りで、百姓がぽつりぽつりと泥の中にうずくまっていた。

日はまだ中空にあった。

行方の定まらぬ春の風が吹き下ろし、忠吉の襟元の鮮やかな紺の布をひるがえしていく。娶《めと》って四十年の古女房殿が藍で染めた、忠吉にとっては身の一部となった首巻である。

「ここらで別れるか、松之亮《まつのすけ》」

忠吉は首巻を押さえながら横を向いた。

隣にいる乱れた髷は雁兵衛《がんべえ》で、その向こうで騎馬の男が二十人ばかりの走衆を連れ、ぼんやりと安祥の方角を見はるかしている。

この辺りばかりでなく、安祥城を越えて広がった豊かな領分が織田に食われ始めたのは幾年前だろう。

「左様じゃな。ここまでだ、我らは城へ戻らねばならぬ」

雁兵衛も忠吉と同じほうを振り向いた。

二人の目の先で、走衆を連れた騎馬の男が手綱を握りこんでいる。

「おぬしも考え抜いた末ゆえの。我らは恨みには思わぬ、のう忠吉」

「雁兵衛の申す通りじゃ」

騎馬の男はみるみる涙をためて肩を震わせた。

三人のうちで年嵩《としかさ》の忠吉は六十歳になり、雁兵衛もとうに五十を越えていた。だが松之亮は三十にさしかかったばかりだから、思いきりいくさ場を駆けたいという気分はあるだろう。松之亮は先代清康公のこともさして知らねば、生まれながらに三河の地に根を張っていたわけでもない。

「ですが私が去れば、搦手門《からめて》は誰が守るのでございます」

「今さらおぬしが案ずることではないわ。搦手門など捨てる、捨てる」

雁兵衛が天を仰いでさっぱりと笑った。

この友は忠吉とよく似たむさい顔をしているが、気性は恬淡《てんたん》として潔い。土壇場で突き抜ける明るさは忠吉のほうが上だが、いったん思い切ってしまえば揺るがぬのが雁兵衛の良いところだ。ともに十年以上同じいくさ場で働いた松之亮が岡崎を去るというときに、忠吉には無心でその前途を言祝《ことほ》ぐような真似《まね》はできなかった。

「幾晩も寝ずに考えたのでございます」

「ああ、察しておるぞ」

あっさりとうなずく雁兵衛より、松之亮のほうがよほど迷いがあるように見える。

ならば行くなと言いたくなるのが忠吉の往生際の悪いところだ。

「竹千代君が織田におわすにも拘《かかわ》らず、我らは今川の走狗《そうく》として織田を攻めねばなりませぬ。私には広忠公のお心も計りかねまする」

松之亮は己に言い聞かすようにつぶやいた。忠吉と雁兵衛と、三人でこの同じことを幾度話してきただろう。

忠吉たちが仕える岡崎城の城主は、まだ二十四歳の松平広忠公である。先年、父の清康公が思いがけない横死を遂げたために家督を継いだが、その嫡男がわずか八つの竹千代君だった。

「我らは弱小ゆえな。西の織田と東の今川、両者の顔色を窺わねばならぬは運命《さだめ》よ。なに、我らが懸命に働けば、今川もやがては竹千代君を取り返してくれようぞ」

雁兵衛は己を奮い立たすように言い切った。

励め励め、織田さえ倒せば竹千代君を岡崎に返すと、背後から槍で突かれつつ今川の前に配されるのが、このところの松平家のいくさぶりだった。

「さあ行け。竹千代君を頼んだぞ」

「御奉行……」

助けを乞うようにこちらを向いた松之亮に、忠吉もうなずいた。

「互いに思い定めた道を進むしかあるまい。だが、いくさ場で会えば容赦はせぬぞ」

松之亮は唇をかみ、手綱を握り直した。

「御免」

松之亮の馬が土を蹴り上げた。

鞭《むち》をくれた松之亮に続いて徒士《かち》らがいっせいに丘を駆け下り、忠吉はいっとき前が見えなくなった。

土煙と足音が少しずつ遠ざかり、松之亮の馬はすぐに小さくなった。

松之亮は勢いをかって本軍に合流する殿軍のようだった。この老いた忠吉の歯が一本また一本と欠けていくように、弱まった松平の家を見限って、頼みとする郎党たちが次々に去って行く。

「さあ、儂らも帰るとするか」

雁兵衛は大きく伸びをして馬の首をもと来た道へ向け変えた。

「じゃがのう、雁兵衛。儂はほとほと参ったわ。今夜からでも搦手門の守りはどうする」

忠吉の馬はずっと丘のほうを向いたきり、後をついて行こうとしない。

「寄せ手があるまで空けておけばよかろ。今川殿を信じるほかあるまい」

忠吉はぐるりと首を一回ししてうなずいた。

「そうじゃの。寝返り者を城門に置くほうが気が安まらぬな」

「そう言うな。松之亮は寝返ったわけではない」

雁兵衛は優しい顔で笑った。

ひと月前の昼の日中、松之亮は供も連れずにふらりと忠吉を訪ねて来た。

互いに郎党を多く抱え、岡崎城下に暮らす松平の家士のうちでは上士の部類に入る。先年亡くなった松之亮の父と忠吉は年も近く気心が知れていたから、松之亮が何ごとかを持ちかけるとすれば万事につけ忠吉だった。

とはいえ松之亮の父が松平に仕えるようになったのはここ十五年ばかりのことだから、忠吉も松之亮のことは元服を済ませてからしかよくは知らない。前は三河をさすらう土豪の一人だったものを、松之亮の父がこの岡崎に身を落ち着けたのである。三河も、隣国の尾張も遠江もいくさばかりで、より強い者の庇を頼って土豪たちが離合集散を繰り返すのは常のことだった。

あの時分の三河はまだ先代清康公が健在で、家中の騒乱もようやく収まりかけていた。清康公はいくさに長け、織田に食われた旧領も取り戻し始めていた。その途上でみまかったことだけが番狂わせだったのだ。

今、松平家は本貫だった三河安祥城さえ織田に奪われ、遠江の今川の庇護を受けている。だというのに当主広忠公の嫡男竹千代君は織田の質物に取られ、松平は身を二つに裂かれていた。今川の手先となって働くことはそのまま竹千代君の生命を脅かすことでもあった。

――どうにも織田攻めは手加減せねばならぬようで一所懸命とはまいりませぬ。私は岡崎に参ってより、竹千代君お憐れの一念で働いてまいりましたゆえ。

松之亮は忠吉にそう言った。

だが織田と松平は幾代《いくよ》にもわたって争いを続け、一朝一夕に誼を通じることなどできない間柄だった。

かといって清康公まで欠いてしまった松平はその細い首をふと遠江へ向けただけで、今川にはその日のうちに踏み潰されてしまう。

竹千代君可愛さに織田方へついても、織田は松平を顧みもしない。今日明日の岡崎を保つためには、松平家は今川に臣従するほかはなかった。

「松之亮ものう。竹千代君お大切などとは逃げ口上じゃ。しょせん彼奴《あやつ》は松平より織田を選んだだけではないか」

「ならば雁兵衛もそう言うてやればよい」

「……松之亮とて配下を食わせねばならぬということよ」

馬を並べたとき、また風が吹き抜けた。忠吉は解けた首巻に手をやって襟に巻き直した。


松平広忠公が嫡男を遠江の今川へ人質に出したのは天文十六年（一五四七）、竹千代君が六歳のときである。

その百年ほど前に京の室町で将軍義教《よしのり》が家臣に謀殺されるということがあって、騒乱はそのまま応仁《おうにん》の乱となった。切り取り次第の諸国では分限者どうしの鍔《つば》競り合いが繰り広げられ、世は荒れた。

それぞれが田畑や郎党をかかえて乱立するなか、三河では安祥城を拠《よ》り所《どころ》に松平が勃興した。西の尾張で織田が、東の遠江で今川が、大小の土豪を併呑《へいどん》して勢いを増したのもその頃だ。

三河の松平家は広忠公の曾祖父《そうそふ》の代に膨張して安祥や岡崎を治めるまでになったが、広忠公の父清康公が家臣に討たれていっきに萎《しぼ》んだ。まだ十歳だった広忠公は大叔父に岡崎城を乗っ取られ、諸国をさすらう身に落ちた。

それからは、およそ他国に隙を突かれるばかりの十年、いや十五年だっただろうか。広忠公はどうにか岡崎城に帰還したが、安祥城はあっけなく織田に奪われ、今では松平に向かう先陣になっている。

「忠吉。いくさばかりの世に、主家が弱小とは辛いことじゃのう」

「ああ。一度でかまわぬゆえ、情けは無用じゃと、あの忌々しい面を張ってやりたいわ」

だがその面が今川なのか織田なのか、忠吉は己でもよく分からない。

広忠公は五年をかけて安祥城を奪い返そうとしたが、思い出すだに怖気《おぞけ》の震う大敗を喫して、命からがら岡崎に逃げ帰った。すんでのところで大将が落命しかかったのだから、織田が輪をかけて増長したのも無理はない。

天文十四年（一五四五）のあの大敗から、もはや松平は己で己の身も守れなくなった。

広忠公は遠江の今川に救援を求め、今川は二つ返事で承知した。それはそうだろう、三河は今川と織田のあいだにある。今川は後詰めとして高みの見物を決めこみ、松平を織田へ向かせておけばいい。

今さら織田や今川を凌駕《りようが》するのは夢としても、せめて五分には戻って己の足で立ちたかった。いや、それより今は竹千代君が戻るまで、この岡崎の城だけは保っていたい。もしも広忠公が敗れた日には、竹千代君は帰る城までなくなってしまう。

あの竹千代君のつきたての餅のようにふくふくとした色白の頬を、その上にぽつんと付いたつぶらな瞳を、忠吉はふしぎに広忠公より尊いと思うことがある。

だが竹千代君は今川へ向かう途上で織田に奪われた。広忠公は今日明日の岡崎を保つために今川の下を去らず、松平の家士たちは広忠公に従った。

竹千代君はあのとき、父からも捨てられた恰好《かつこう》になった。

「竹千代君はいかがお暮らしであろうのう」

殺されるものなら、とうに殺されていると諦めざるを得なかった。竹千代君恋しと追いすがったところで、織田につけば今川の矢防ぎにされて堪えきれずに倒れてしまう。かといって今川と同心し、織田の城が落ちたら落ちたで竹千代君は殺される。

忠吉は天を見上げ、瞼を閉じた。

土手の下を川が流れ、二頭の馬はゆっくりと道をそれていった。馬はそのまま川縁に近づいて、吸い寄せられるように水に口をつけた。

雁兵衛が馬を下り、忠吉は二頭の手綱をそばの櫟の枝にかけた。

太い幹の裏側には雨除《あまよ》けの戸板を立てて筵《むしろ》が垂らしてある。

「何がある、忠吉」

目を離した刹那に筵が膨らんで、灰色の影からぬっと何かが突き出した。

「誰の許しで神宿りの木に触れおった」

腐りかけた骸のような老婆が仁王立ちになっていた。

黒ずんだ頬被《ほおかぶ》りの下で、爛《ただ》れた皮膚が鼻と口を覆い隠していた。

だが糸のように細い目はたしかにあって、深い皺《しわ》が息に合わせて蠢《うごめ》いている。

――けけけけけ。

髑髏《されこうべ》が風に揺すられたような音がどこかから聞こえてきた。

忠吉は尻餅をついて目をしばたたいた。法主の捨てた頭巾でも拾ったのか、もとは錦糸で織られた布が垢《あか》で光り、体には筵を結わえつけている。

「よこせ」

老婆が忠吉に手を伸ばした。

「よこせ。その首に巻いておるものをよこせ」

忠吉は言われるままに首に手をやった。

だが馴染《なじ》んだ首巻に触れると我に返り、ゆっくりとその手を刀の柄に下ろしていった。

「ほう。妾を殺そうとてか。これを見やれ」

老婆が顔を歪ませて頭巾を取ると、つるりと剃りこぼった頭がまだらな葉影を浴びて現れた。

歯のない口が左右に大きく開いた。

「よいのか。尼を殺さば七代祟《たた》るぞ」

雁兵衛が呆れた鼻息をついた。

「誰が乞食婆《こじきばあ》など斬るか。行くぞ、忠吉」

「待て待て」

老婆は前に回り込んだ。

「妾にその首巻をくりゃれ。かわりに良いことを聞かせる。おぬしら、松平の郎党であろ。うち揃《そろ》うて、寝返り者を見送った帰りじゃの」

忠吉がぴくりと顔を上げると、老婆は得意げに薄笑いを浮かべた。

「質物に取られておる童のう。あれは今に天下を掌中に入れおるぞ」

「そうか、そうか。それは忝《かたじけな》い見立じゃ。あとで褒美を取らせる」

雁兵衛が手綱を取ると、すかさず老婆が両手を広げて立ちはだかった。

雁兵衛から忠吉へと、はしこく跳ねてそれぞれに指をさした。

「もっと聞かせてやるぞ。お前も、お前も死ぬるわ」

雁兵衛が手綱で空を切った。

「尼であろうと、それ以上申せば生かしておかぬぞ。乞食婆にまで愚弄はされぬ」

だが忠吉は気が抜けたように座り込んだ。

「なに。人はいずれ皆、死ぬものじゃ。婆、もっと聞かせてくれんかの」

「妾がめでたきことを話せば、その首巻をよこすか」

「お前が本物の道占なればの。儂の思うておると同じことを申すかの」

忠吉は黙って首巻を緩めた。ちょうど心地のよい風が胸を流れていった。

「のう、婆。竹千代君のどのようなお姿が見える」

「今言うたではないか。天下を取りおる童じゃわ」

忠吉は長い息を吐くと、あっさりと首巻をほどいた。

水面から静かに風が吹いている。櫟の枝葉は老婆の上に影を落とし、立て膝をついたその身からは嗅いだこともない臭みがただよっている。これは夢ではない。

忠吉には竹千代君が生まれたときから頭に浮かんで離れぬ幻があった。

その幻の中で竹千代君は万軍を率いて馬の背に揺られている。うららかな日が金扇の馬印を眩《まぶ》しく弾き、行列は遠目には穏やかな川の流れのようだ。

あのつきたての餅のような頰は年を取っていっそう肉を増し、白かった肌は数多のいくさ場を経て黒く、染みさえ浮かべている。

だが街道を埋め尽くす軍馬の列はたしかに竹千代君を戴《いただ》いて進んでいる。

老婆は胸の前でもじもじと指を動かした。

「どうした」

「いや。悪いことばかり聞かせねばならんゆえ、まことその首巻をよこすかのう」

ははは、と忠吉は天を仰いで大きく笑った。

「かまわぬ。もう良いことは十分聞かせてもろうたぞ。これは間違いのう呉《く》れてやるゆえ、話してくれ」

そうかのう、と老婆は身をくねらせる。

そのたびに饐《す》えた臭いがして、つい忠吉も顔をしかめた。

「不憫じゃが、お前の子は討ち死にばかりじゃのう」

「……それは困ったの。儂にはもう子があまり残っておらぬゆえ」

雁兵衛は呆れきって風上に足を伸ばしている。

「のう、婆よ。儂の望みはいつか竹千代君の下でいくさ場を駆けることじゃ。その願いは叶うかのう」

老婆は眉間に中指と人差し指を当てると、ぐっと目玉を寄せて額に皺を刻んだ。

「そうやれば先が見えるか」

「妾だけぞ。不可思議な絵が次から次へと浮かびおる」

雁兵衛は寝そべったまま、ぷいと顔を背けた。

「おお。お前の望みは叶うようじゃぞ」

「そうか。それは有難いの」

忠吉は首巻を差し出した。

老婆は瞼をひくひくと震わせて、忠吉の機嫌を取るように笑いかけた。

「首巻を貰《もら》うなら、もう一つ悪いことを聞かせねばならぬがのう」

「おう。なかなか律儀な婆じゃの。さすがは三河者じゃ。だが儂らはもう戻らねばならぬでな」

「そうじゃの。早う戻ったほうがよい。岡崎城主といえば、先代が二十五で落命しおったからの」

忠吉はふと手を止めて老婆を見返した。

もう十四年の昔、あれはたしかに清康公が二十五歳の冬だった。

「婆はよう知っておるのじゃな」

あのときのことを思い返せば臓腑《ぞうふ》が痛む。三河の苦難の始まりは、行き違いの重なったあの日だったのだ。

「それがのう。次は二十四で死ぬるのじゃわ」

「婆！」

雁兵衛が駆け寄って老婆の耳を引っぱり上げた。

「痛い、痛い。何をしやる」

「調子づいて勝手を申せば、捨ておかぬぞ」

老婆は歯のない口を大きく開けた。

「けけけ。さしずめその次は二十三かの」

「なんじゃと！」

雁兵衛が荒々しく腕を振り、老婆は悲鳴をあげて土に転がった。

頰に血が滴り落ちていた。そこだけ柔らかそうな耳たぶが取れかかり、老婆は両手を重ねてその耳を押さえた。

「尼に恐ろしいことをしやる。お前の将来《さき》も言うてやろうか」

雁兵衛が力まかせに手綱をはずし、その拍子に櫟の皮が剝がれ落ちた。

「行くぞ、忠吉」

「待て、首巻をよこさぬか」

「やるな。このような禍々しい婆、早う離れねば身の穢れじゃ」

「ようも言うた。おうおう、竹千代といくさに出ても負けるばかりよ」

老婆はやにわに土を摑み、雁兵衛めがけて投げつけた。

石が背に当たり、雁兵衛は足を止めて振り向いた。

「よさぬか。婆を斬ってどうなる」

忠吉はあわてて雁兵衛を馬の背に押しやった。

「覚えておれ！　岡崎の侍など、今に散り散りになって死ぬるのじゃ」

老婆は土を握っては投げた。

どこかで激しく蹄が蹴り上げているようで、忠吉はいやに息が苦しくなった。

木立へ入ると忠吉の胸騒ぎはいよいよ増した。前方からたしかに蹄の音が響き、木漏れ日までが揺れて見える。

だが土を蹴っているのは単騎のようだ。

先に雁兵衛のほうが顔を上げた。

「又左《またざ》じゃ」

忠吉も目を凝らした。

馬は見えたが、木々の影が重なって馬上の顔までは見えない。だが馬が華奢《きゃしゃ》に思えるほど乗り手は恰幅がよい。

又左は忠吉の家士で、年は四十をいくつか過ぎている。弓も槍もよくするから戦場でも華々しいが、つねに手柄を忠吉に差し出して己は広忠公の直参になろうとしない。大きな図体《ずうたい》に律儀ばかりを詰めて膨らませたような男だ。

「御奉行！」

ああ、と忠吉はうなずいた。腹の底にどっしりと落ちる、よく通る又左の声だ。

「どうした」

又左は一間も手前で馬から飛び下りた。

そのまま両手をついて、どんな粗相をしたかというほど背を丸めた。

「殿がご落命あそばしました」

「殿？　いずこの殿じゃ」

「城内で岩松八弥《いわまつはちや》が乱心いたし、広忠公に斬りかかりおってございます」

「八弥？」

重ねて問う雁兵衛の声がわなないていた。

「八弥は即刻、その場で討ち取りましてございます。ですが殿は」

襟に手をやれば麻の首巻がぐるりと巻いてある。この手触りは、どうにも夢ではない。

「城の大手門は私が出るとともに閉ざしてまいりました。ただ、搦手門は手薄にて」

忠吉は頭がくらりとした。今日の今日、守り手の松之亮たちが去ったばかりだ。

「行くぞ、忠吉」

雁兵衛が駆け出し、忠吉もあわてて手綱を握りこんだ。

あの搦手門から誰も出ておらぬはずがない。広忠公が斬られるなど、誰かの差し金に決まっている。とすれば事が成ったと、手の者が走ったはずだ。

走った先は織田か今川か、あるいは他か。

雁兵衛の馬が一心不乱に駆けて行く。

「殿は御年いくつにおなりあそばした」

「つまらぬことを考えるな。雁兵衛らしゅうもない」

八弥とは誰だろう。だが、もとから選《え》りすぐりの譜代ばかりを広忠公のそばに置いてきたわけではない。

いくさともなれば真っ先に敵陣に斬り込むから城主がつとまるのだ。日頃、城の内外など単騎で走り回っている。広忠公の尻には百姓足軽もまとわりついていたはずだ。

「八弥は何ぞ、殿に恨みがあったか」

雁兵衛が即座に首を振った。

広忠公はおよそ鷹揚《おうよう》としすぎるくらいのもので、下の者に声を荒らげたことはない。十歳で城を追われたから百姓欠落者《かけおち》にまで慈悲深く、いくさの世には珍しく峻烈《しゅんれつ》でもなかった。

だからこそ広忠公が竹千代君を見捨てて今川につくと決めたとき、家士は異も唱えずに従ったのだ。まだ若年だがこの主のそばを離れぬと、皆がそのときいったんは考えたはずだ。決して郎党から殺されるほど憎まれる人柄ではなかった。

「みまかられたことは隠せまい。病ということにしてはどうだ」

「何はさておき、我らは殿亡き後も竹千代君御大切で暮らすと、織田にも今川にも明らかにせねばならぬ」

もしも主を失った岡崎城が主の子を惜しまぬとなれば、織田にとって竹千代君は生かしておく価値もない。今川にしても、この岡崎が従うか、あっさりと踏み潰したほうが早いか、試そうとするだろう。

忠吉は馬に鞭をくれ、雁兵衛の横に並んだ。

「のう、雁兵衛には竹千代君のお姿が見えぬか。街道を埋め尽くす兵を率いておられる竹千代君のお姿が、おぬしの目には浮かんでおらぬか」

泥濘《でいねい》にかかる一間ほどの木橋を、雁兵衛の馬は勢いよく飛び越えた。

雁兵衛はちらりとこちらを向いて口許を歪めた。

「あいにくじゃが儂には一切、何も見えぬわな。侍がいくさの前に道占に惑わされてどうする」

雁兵衛は顎を前にしゃくった。

物見を乗せた城の大手門がしっかりと閉ざされている。

「開門――」

岩を割る雷鳴のような怒声がとどろいた。雁兵衛のその声が、風も蹄も、すべての音を忠吉の耳から遠ざけていった。

二

川面から上る師走の風は頰を切るほどの冷たさで、手綱を握る指がうまく動かなかった。思えばいくさが果てても疲れが消えぬようになったのはここ五年ほどのことだ。雁兵衛はそのあたりから、いやでも己に残された日を数えるようになった。

だが襟元ばかりは猫でも抱いているように温かい。忠吉の首巻は二重に巻いてもまだ余っていた。

織田へ寝返る松之亮を二人して見送りに来たのはこの春のことだった。その同じ日に城では広忠公が命を落とし、その後すぐに今川が乗り込んできた。あのときから岡崎城は今川の支城になったのだ。

ふうと白い息をついて襟元の首巻に手をやると、凍えかけた胸の内もわずかに緩むようだった。

誰にも告げずに城下を離れ矢作川をさかのぼっていくと、松之亮と別れた丘の手前で道がわずかに上りにさしかかった。

あの日のように馬が水面へ首を向けた。

土手の草は一面に枯れて、土を被ったように色が抜けている。それはまるで泥にまみれた敗軍のような、今川に押されて歩く岡崎衆の姿そのものだった。

冬枯れた櫟の陰に老婆の棲家《すみか》が風にも揺れずに立っていた。櫟の木肌には刀瑕のような新しい裂け目が入り、さては婆め、また誰ぞとやり合ったかと呆れ笑いが湧いてきた。

そのとき生ぬるい風が流れて忠吉の首巻がふわりと舞い上がった。筵が中から膨らんで、あの老婆が顔を覗かせた。

爛れた瞼の下で老婆の目がちらりとこちらに動いた。それを横目に、櫟の枝に手綱をかけた。

「すまぬの。婆の神木を使わせてもらうぞ」

先に神と言ってやると、老婆の目から怪しむ色が消えた。

「覚えておるぞ。その首巻、ようやく渡しに来たか」

素直にうなずくと、老婆の口が嬉《うれ》しそうに左右に裂けた。歯の抜け落ちた口はただの邪気のない年寄りのものだった。

「先達てはすまぬことをした」

雁兵衛は前に屈んで足首に体を乗せた。

「婆はわが殿が二十四でお亡くなりあそばすと申したな」

「その通りであったろ。岡崎の城下は火のついたような騒ぎじゃった」

左様じゃなと空を見上げた。

首巻が引きつれて、我を離すなと囁いてくるようだった。

「霜月というに他国まで出張っていくさとは、おぬしも苦労であったのう」

老婆は親切そうに言った。

三河安祥城は他国ではないが、未だにそう考えているのは岡崎の郎党たちだけかもしれない。

「気の毒に、いくさは負けたのう。まあ、形だけは勝ったのじゃから」

「忝いの。優しい婆じゃ」

老婆は幾度もうなずき、我慢がならぬというように手を伸ばした。だが友の首巻をそう簡単にやることはできない。

老婆はいよいよ機嫌取りの卑しい笑みを浮かべた。

「妾に聞きたいことがあろう。そのほう、名は」

「鳥居伊賀守忠吉じゃ」

老婆は汚れた顔を突き出すと、右へ左へゆっくりと傾けた。

眉間に二本の指を重ね、大仰に皺を刻んで瞼を閉じた。

「良い話と悪い話、どちらを先に聞かせればよいかのう」

「どちらでも好きにするがいい」

「いずれは城持ちの大名になるのう」

「おお、それはまた大層な」

法螺《ほら》を吹く、と言いかけて口をつぐんだ。

老婆はゆるゆると首を振っている。頭の被り物から鼻の潰れるような臭いが漂ってくる。

「じゃが忠吉はその前に死ぬるのう。喜び勇んで竹千代についていくさに出たはよいが、転《まろ》ぶように城に逃げ帰る」

「……いずこの城か」

老婆は指すように顎をしゃくった。その先にあるのは岡崎城だ。

あの城から岡崎衆は織田攻めに繰り出した。三河安祥城の織田の城代を生け捕って、竹千代君と取り替える腹づもりだったのだ。

もとは松平の旧城に、独力では挑むことができなかった。今川の力添えを懇願し、岡崎衆は総大将に至るまでその下知で働いた。

今川はといえば安祥城を囲むばかりで何もせず、岡崎衆の背面にぴたりとつけて、薄ら笑いでそのいくさぶりを眺めていたものだ。

それでも今川の采配は見事だった。波のように緩急をつけて城へ寄せ、引いたと見せて城の気が撓《たわ》んだ隙に、一挙に返して城壁を越えさせた。

そのまま息もつかせず数で天守を抑え、投網をかけるようにして織田の城代を無傷で生け捕ってしまった。

忠吉たちの前に引き据えられて来たとき、織田の城代はまだ何が何やらという顔で細い目をさかんにしばたたいていた。

——これが今川のいくさでござる。

僧形の軍師が悠然と微笑んだとき、忠吉はただ深々と頭を垂れていた。

思い返すと力が抜けた。今になって己は一体、何を聞きにここまで足を運んだのだろう。

投げやりに首巻を外すと、老婆に投げて立ち上がった。

「尼を謀《たばか》るばかりではないようじゃの」

もはや老婆の姿が目に映るのも煩わしかった。

雁兵衛は櫟の枝から手綱を取って馬に跨がった。

「悪い話がまだじゃぞ」

「聞いたではないか。竹千代君も負けいくさとな」

ふん、と老婆が鼻で笑った。

「肝心のもう一人はよいのか」

「もう一人？」

「首巻がここへ来たとき、男をもう一人連れておったではないか」

ああ、と馬の首を土手から老婆のほうへ向け変えた。

「雁兵衛のことか。ならば聞いておこう、彼奴はどうなる」

老婆がにやりとしてこちらを見上げた。馬の陰に入って顔から目鼻が消え、ただの銀の据え物のように鈍く光った。

けけ、と銀の面から嗄《しやが》れた笑い声が響いた。

「彼奴は何もなさぬ。竹千代の万軍の兵のなかに彼奴の血筋はおらぬ。じきにこの世から消えおるゆえの」

「左様か。よう聞かせてくれた」

馬の足を小さく前に出し、鞘から刀を抜いた。

刃が光を弾き返したとき、耳を裂く絶叫が馬のたてがみを震わせた。

雁兵衛は一度二度と柄を振り、血を払って鞘に戻した。

うつぶせた老婆の手が首巻を握りこんでいた。馬上から引くと、首巻は意外にあっさりと抜けた。

だが首巻には老婆の血が黒々と染みていた。ちっと唾を吐いて、首巻はそのまま老婆の背に投げ捨てた。

三

朝から雪が風に舞っていた。忠吉は寒さより暑さに弱いが、ここしばらくは早暁ともなると胴震えするほどに体が凍えた。

「首巻をなされぬゆえでございますぞ。夏も手放されませぬのに、いかがされました」

「それがどこに置いたか、見当たらんでな。儂も耄碌《もうろく》したものじゃ」

又左は労《いたわ》るように背をさすり、丁寧に羽織を着せかけた。

「一同、早いお戻りをお待ちしておりますぞ」

「おう。案ずるな」

忠吉は馬の背に揺られてゆるゆると土塀の門を出て行った。

天文十八年（一五四九）も師走の半ばを過ぎていた。振り返るだに数えきれぬほどのことがあった一年もあと数日だった。

織田へ離反する松之亮を送って、雁兵衛と二人で矢作川をさかのぼったのは春三月のことだった。主を失い、己の城で他国者から牛馬の如くに使われ、侍の身が恥辱にまみれた一年だった。

石垣さえ持たぬ城とはいえ、内に籠もって戦った末に敗れたなら諦めもついた。だが岡崎の城は自ら大手門を開き、言われるままに広忠公の御座まで明け渡した。いびられ通して、ただの一度もやり返せずに忍従を重ねてきた。

──竹千代君はもっと辛い思いをしてござる。いつかは竹千代君を迎え、思う存分戦える日が来るでのう。

そう説いて回った忠吉でさえ、幾度、短気を起こしかけたことだろう。

いっこう手を入れることのできぬ荒れた辻の先へ目をやると、雁兵衛が静かに馬に乗るところだった。

「雁兵衛」

振り向いた雁兵衛は弱々しく笑ってみせた。

そのまま二人は黙って馬を並べた。

松之亮のときと違って、雁兵衛の馬は遠江へ向かう。

考えれば、あれからまだ一年も経ってはいない。この先もこうして、老いた忠吉の歯のように幾本が抜けていくだろう。

「一つ聞いてもよいか」

雁兵衛が前を向いたまま小さな声で尋ねてきた。

「おぬしの望みは何じゃ。やはり末は城持ちになることかの」

忠吉も前を向いたまま応えた。

「城などいらぬ。儂はいつか竹千代君の下知でいくさ場を駆けることができれば、思い残すことはないわ」

「それが負けいくさであってもか」

「竹千代君が負けるはずがあるか」

忠吉は微笑んだ。己にはもう歯もろくに残っておらぬと思うと胸が軽くなった。

「儂はいつもふしぎでならなんだ。忠吉のその信念はどこから来る」

そうじゃなあと、忠吉は鼻を掻いた。

どうも首巻がないと落ち着かない。早く古女房殿の尻を叩き、新しいものを作らせるとしよう。

「儂は竹千代君のおわす城で討ち死にできれば本望ゆえの。愚かの一徹であろ」

雁兵衛は馬を歩かせながら、今にも泣きそうな顔をした。

忠吉は心底、雁兵衛が不憫になった。

「いつから気づいておった」

忠吉は空を見上げた。

いくら思い返してもよく分からない。それは多分、いつから疲れていたか知っているかと、問われたも同じことだからだ。

だが忠吉の頭上には、輝く竹千代君の万軍の列がある。

「おぬしが行かねば、儂が行っておったかもしれぬ。儂が行くと言えば、おぬしは止めておったであろうよ」

ひと月前に岡崎衆は三河安祥城を落とし、織田の城代を生け捕った。腹を切るでも天守に火を放つでもなかったその庶兄《しょけい》を、織田跡目の信長《のぶなが》はあっさり竹千代君と取り替えた。

だが尾張を出た竹千代君は、三河を素通りに遠江へ拉《らっ》し去られた。

三河へお戻しくだされと地にひれ伏す忠吉たちを、今川衆は面白い見せ物か何かのように見下ろしていた。

――岡崎城はわが今川の大切な支城でござるゆえのう。わずか八つの幼子を城代に据えるわけにはまいらぬな。

今川の軍師はいかにも鷹揚そうな笑みを浮かべて、竹千代君を城代と呼んだ。

あのときも忠吉は唇を引き結んで空を見上げた。

涙でにじんだ白い雲のあわいに万軍を率いた竹千代君の姿が浮かんでいた。誰に信じてもらえなくても、忠吉にはそれがはっきりと見えるのだ。

「竹千代君が三河へお戻りになるのを待つほど、儂は長《なご》うは生きられぬ」

だがそう言う雁兵衛は、忠吉よりも若い。

忠吉にしても、ついにこの目で見ることはないのかもしれない。

だがあの雲間を行く軍勢の将は竹千代君だ。まぶしく輝く旗印の傍らで、まどろむように馬の背に揺られているのはわが竹千代君だ。

「儂は残りの日々を竹千代君の下で働きとうなった」

「左様であろうの」

今すぐ竹千代君を守りたいと言った松之亮は、春に尾張へ旅立った。

そして今日は雁兵衛が遠江へ行く。雁兵衛が心を決めれば二度と振り返らぬことは、忠吉が誰よりもよく知っている。

松之亮にとってそうだったように、雁兵衛にとっても竹千代君の名は言い訳にすぎない。皆しょせん己のために、己の郎党を食わせるために三河を捨てるのだ。

ならば忠吉に迷いはない。

「達者でな、雁兵衛。此度も儂は同じことを言わねばならぬ」

雁兵衛が怯《おび》えたようにこちらを向いた。半生をともに生きた友のそんな顔は見たくない。

忠吉は万感をこめて笑いかけた。

「いくさ場で会えば容赦はせぬ。互いに励もうぞ」

雁兵衛は生涯の無二の友だ。それが遠江を選ばねばならぬ、その苦しみが少しは分かる。

「雁兵衛は年が新しゅうなれば、今川の城に入るのであろう」

雁兵衛が涙をこらえるように目を閉じた。

その額に刻まれた深い皺を、忠吉は大切に覚えていけばいい。

「儂もいつか、朔日《さくじつ》にの」

忠吉は手綱を引いて馬を止めた。

見送るのはここまでだ。歯もない老いた忠吉でも、岡崎では又左たちが待っている。

「儂もいつか朔日に、大きな国に入ってみせるわ。その国にはやがて日の本一の城が建つ」

そのとき忠吉はこの世にはいない。だがそれが何だというのだ。

襟元に手をやると、首巻がなくて滑るように手が落ちた。思わず笑みが湧いて雁兵衛を見ると、ようやく雁兵衛も見慣れた顔をした。

「やはりお前は首巻がなければ締まらぬな」

うなずいたとき忠吉の頬を涙が落ちた。

雁兵衛が別れの手を上げた。

「早う古女房殿に新しい首巻を拵えてもらえ。お前は末は城持ちぞ。挫《くじ》けるな」

雁兵衛はゆっくりと背を向けた。

忠吉はその背が道の先に消えるまで馬を止めて待っていた。今にも雁兵衛が振り向く気がして、最後まで目を逸らすことができなかった。

四　府中の鷹

一

於富《おとみ》は三十九歳のとき三河岡崎の城主、松平清康のもとへ嫁ぐことになった。

清康はまだ二十歳だったが、先年、嫡男をあげた正室に先立たれたらしかった。一方の於富はといえば、すでに尾張の刈谷城主の正室に収まり、子も授かっていた。そこへ清康が横合いから手を出すかっこうで、岡崎の後室になれと言ってよこしたのである。

岡崎と刈谷は虎と猫のようなもので、刈谷の側に拒む術はなかった。

清康は疾風《はやて》のように辺りの城を次々と攻略していたから、於富を出さねば刈谷城も踏み潰されるだけだった。

こうして刈谷城を発《た》ち、初めて岡崎城に入って清康に会ったとき、於富は百姓女のような袴《はかま》をはいていた。

三十九にもなって器量を望まれたというのは、強者の暇つぶしにこちらが恥をさらすようだった。清康にとっては気紛《きまぐ》れでも、刈谷城では幾日も泣いて別れてきたのだ。力がすべてという世は空虚で莫迦らしく、於富は対面まで髪も梳《と》かさず胡座《あぐら》を組んで待っていた。

足を踏み鳴らして入って来た清康は、さすがに目を見開いて立ち尽くした。

「諸国の噂など、このようなものでございます」

先に於富のほうが口を開いた。

二十歳の若者が軍勢にものを言わせて小国のささやかな暮らしを踏みにじる。そんなことがまかり通るとは、この世はおぞましいところだ。

「まあ、そう言うな」

清康は悠然と笑って上段に腰を下ろした。

なんのことはない、まだ月代も青いような青年だ。だというのに近隣からは鬼神が宿ると恐れられ、いくさでは負け知らずだ。

三河岡崎は今や日の出の勢いで、城という城はことごとく蹴散らされ、岡崎はそのうち西の尾張も東の遠江も呑むと言われている。

「そなたは噂に違わず美しい」

「左様でございますか」

於富はぷいと顔を背けた。

縁側から覗く庭の先には見事な城下が広がっている。板葺《いたぶ》きの整った家士の住まいがずらりと並び、田畑は豊かに青葉を茂らせている。

刈谷では城下の家屋敷はあの半分にも満たなかった。

他国から攻められれば武士も百姓も城に籠もって戦うのがきまりだが、岡崎ではとても城下の皆が城に入れるとは思えない。ここは籠城など無用の、他国に攻められる気遣いなどいらぬ土地なのだ。

清康は於富の目を遮るように縁側へ出て行った。

「どうだ、大きなものであろう」

「まことに。これだけの城下を持っておられれば、他国の城も女子も思いのままでございますな」

何がおかしいのか、清康は前を向いたまま肩を揺すって笑い出した。

「儂はこのままでは終わらぬつもりだ」

「ええ、左様でございましょうとも」

於富も皮肉をこめて笑い返した。

他国の城など、好きに火矢を放って灰にすればよい。

女子も子供も力で捩じ伏せるのは易いことだ。この清康はじきに、三河はおろか尾張も遠江も手に入れる。

「儂は世を作り変えるぞ」

「結構なことでございます。して、三河はどのような国になるのでございましょう」

刈谷城ももう呑まれたも同然だ。なんなりと無理難題を押しつけてどこまでも行くがいい。

そのとき縁側の影が動いた。

「そなたで終いにしてやろう」

於富がふと顔を上げると、清康が笑ってこちらを向いていた。

「女子が子と別れて生きねばならぬ世は狂うておる。儂が三河と尾張、遠江を治めれば、母と子は一所で恙《つつが》のう暮らすことができる」

「それはまた」

つい於富は顔がほころびかけて、あわてて頬を引き締めた。そんな当たり前の暮らしを、於富から奪っていったのはこの男だ。

「随分と極楽浄土のような国をおっしゃいますこと」

「儂が嘘《うそ》を申していると思うか」

清康はからかうように於富の顔を覗きこんでくる。

だが刈谷が逆らえぬと分かって、その城主から妻を取り上げたのはお前ではないか。

於富が睨み返すと、清康は庭に向き直って天高く腕を差し上げた。

「見ておるがいい。今に儂は三河を出、尾張と遠江の盟主となって、いくさのない国を作る」

変わった男だと於富は思った。なぜ得意げに広い城下を指ささず、雲のあわいを見上げて言うのだろう。

於富は珍しいものに惹《ひ》かれるようにその背に近づいた。

「何を見ておいでです」

清康は機嫌よく振り向いて、軽々と於富の肩に手を回した。

むっとする間もなく、清康が顔を寄せてきた。そのまま身をかがめて於富と頬をつけると、肩を抱きかかえてもう一度中天を指した。

「そなたには見えぬか」

「何がでございます」

清康は空を仰いで微笑んだ。

「万軍の群れが街道をゆっくりと進んでおる。松平の扇の馬標《うまじるし》が、数えきれぬほど掲げられておるわ」

つい於富も清康の指した空に身を乗り出した。

秋の薄い雲が風で少しずつ東に流されている。雲が透けて、濃い青い空が日に輝いている。

「つまらないお戯れを申されますな。妾には何も見えませぬ」

だが清康は雲間から目を逸らさない。

「からかってなどおらぬ。まるで大河のように揺蕩《たゆと》うておるではないか。大将は馬の背で欠伸《あくび》でもしておるのであろうの」

清康は於富の肩を叩き、大きく口を開いて笑い声を上げた。

「あれは儂だ」

於富はあっけに取られて清康を振り仰いだ。

「あれは三国を掌中にした儂の行軍じゃ。今に見よ、儂は東海の主となる」

於富は清康の指の先に目を凝らした。なぜか本気にして、夢中で爪先立ちになった。

「どこでございますか。殿はまことに軍勢が見えるのですか」

「真夏の入道雲の狭間であれば、於富にも見えるかもしれぬぞ。そうだな、次の夏になれば、儂の将来の姿をそなたにも見せてやろう」

於富は目をしばたたいた。気づいたときには一心に尋ねていた。

「その国では、母と子がともに暮らしているのでございますか。それはまことでございますか」

清康が笑ってうなずいたとき、於富はその国が見えるような気がした。

雲間から明るい日が降り注ぎ、於富はそのまま長いあいだ清康と顔を並べて空を眺めていた。

二

「華陽院様、お目覚めでございますか」

槙局《まきのつぼね》が口漱《くちすす》ぎの盥を持って座敷に入って来たとき、華陽院はちょうど寝床を畳み終えたところだった。

駿河《するが》の府中に居を定めて数年、華陽院は槙局とわずかの郎等だけを置き、町外れの庵《いおり》で侘《わ》び住まいを続けていた。

縁側の障子を開くと、庭の苔《こけ》がうっすらと雪を被っていた。もうじき三月だが、駿河は昨日おとといと氷雨が降った。

「華陽院様も年が明けてからはお疲れの日々でございます。昨夜はよくお寝《やす》みになりましたか」

「ああ、そのせいかもしれませぬ。懐かしい夢を見たことです」

どんな、と尋ねるように槙局がこちらへ首を傾けた。

華陽院は目を細めた。

「初めて岡崎城へ登った折のことを。二十歳の清康公にお目にかかったのですよ」

「まあ。それはまた随分と若やいだ時分の話でございますこと」

槙局はからかうような顔をした。ともに五十半ばを過ぎ、老女と呼ばれる二人だが、どちらともなく肩をすくめて少女のように笑い合った。

先だって華陽院は駿河遠江を治める今川義元《よしもと》公に召し出され、今川家へ質としてやって来た松平家の嫡男、竹千代を扶育せよと告げられた。

竹千代は三河岡崎城の跡取りで、今年ようやく九歳になったばかりの童だ。六歳のときに今川家へ送られる途中、尾張の織田家に奪われてそちらの質になっていたのだが、昨年織田とのあいだで質の交換がなされ、駿河の府中へ送られて来た。

織田家の時分と同様、松平家がつけた幾人かの家士と、鶴之助《つるのすけ》という三つ年嵩の小姓が日常のめんどうを見ているらしい。だがいずれ今川の城代として岡崎へ戻る日に備えて、世話役に華陽院はどうかということだった。

華陽院にとって竹千代は、娘の於大の子だから孫にあたる。華陽院と三河岡崎の縁は二重のもので、もとは華陽院がまだ於富と呼ばれていた若い時分に、いっとき竹千代の祖父清康に嫁していた。

その縁組は当時隆盛を誇った清康が、すでに子もあった於富を強引に奪ったものだったが、そのとき於富が尾張刈谷の城に残していった幼い娘が於大だった。

やがて於大は清康の嫡男広忠と夫婦になり、竹千代が生まれた。だが於大は竹千代が三つのとき、里の尾張刈谷が織田方についたために岡崎城を去っている。

もちろん於富はそれより前に別家へ縁づいていていた。

「清康公があれほど若くしてお亡くなりあそばすとは、返す返すも惜しいことでございましたね」

槙局が軽く息をついて縁側に盥を置いた。

「清康公さえ生きておわせば、竹千代君が質に落ちるようなことはございませんでしたのに」

局は手を止めずに、かいがいしく器や手拭いを並べていく。

清康が死んだのは、於富が嫁いでわずか五年の後だった。勢いよく他国を攻めては切り取っている最中のことで、乱世に傑出した当主を失い、三河岡崎はいっきに萎んでいった。

「局らしゅうもない。今さら詮無いことであろう」

「ですが松平家はこの先、どこまで落魄《らくはく》するのでございましょう。いっときは尾張も遠江も、呑まれるのを待つばかりであったものを」

それが今では、ただ一人残された城主の血筋を人質に出さねばならないほど落ちぶれている。

「城主が二代も続けて早々と亡くなるとは、松平も不運なことであった」

華陽院は局が差し出した盥に手のひらを浸した。

昨年の春、竹千代の父広忠が二十四の若さで横死を遂げ、岡崎を継ぐのは竹千代ただ一人となった。

だが竹千代は質の身で、岡崎の城は今川の差し向けた城代に支配されている。

とはいえ女の華陽院が案じても、何がどうなるものでもない。

「年寄りは年寄りらしく、孫の姿に目を細めておるが精々であろうな」

「ええ、それが宜しゅうございます」

華陽院は今はまだ城下のはずれに住んでいるが、ちかぢか竹千代の暮らす館に移るつもりだった。

今川家には竹千代のような質の子が幾人かおり、それぞれに家士がついて、それ相応の暮らしは送っている。

だが生家が今川に離反すれば即座に首を刎《は》ねられるのは武家のならいで、昨日まで親しく口をきいていた者が明くる日に刑場へ引き据えられていく姿は、人質ならば一度ならず見たことがあるはずだった。

華陽院にしても、もしも竹千代がそうなっても助けることはできない。誰が命乞いしようと通らぬことがこの世にはある。

「岡崎では、竹千代君は清康公の生まれ変わりじゃと申しているそうでございますね」

局の笑みにつられて華陽院もうなずいた。

「清康公の夢を見たのは、どこか竹千代があの御方に似ているからかもしれませぬな」

竹千代が清康の再来であってほしいという岡崎の願いは、華陽院の願いでもある。

だが清康がいた時分の隆盛は、三河岡崎にはもう二度と戻らない。いつか竹千代が岡崎に帰れたとしてもそれは城主としてではない。

今川の城代として尾張なり三河なり、今川の命じるままにいくさ場に駆り出される犬の暮らしが、城の滅ぶまで続くのである。

もう竹千代が城主になる将来を思い描くことはできなかった。三河一国どころか唯一残った岡崎城ですら今川の差し向けた城代に支配され、清康の頃のように岡崎が自力で領国を広げるなどは夢のまた夢だ。

この華陽院自身、清康が死んだことでその生涯は転変した。

清康は尾張守山攻めの途上で倒れたので岡崎城には手勢がおらず、華陽院たちは間髪を容《い》れずに乗り込んできた清康の叔父に体よく城を追い出された。

それからというもの華陽院は流寓《りゅうぐう》して縁組を重ねたが、そのすべてで夫に先立たれ、髪を下ろすまでに五度も嫁ぐことになった。

尾張で生まれ、三河、遠江と少しずつ東へ流れ、ついには駿河の府中に至った華陽院と、ずっと共に歳月を重ねてきた槇局にとっては、いくさに満ちた世の無情さは身に染みついていた。押し寄せる濁流に抗《あらが》うことなどできず、華陽院もこのさき波間にただよって生きるので精一杯だろう。

「松平がこのようなときにお生まれあそばして、竹千代君は不憫な御子でございますね」

華陽院は黙って水を掬《すく》って顔に当てた。二月の水の冷たさは、意気地なく丸めていた背を伸ばさせる。

「竹千代は、鶴之助のほうが不憫だと申しておりました」

「織田家でもおそばにいた小姓でございますか。たしか二つ三つ年嵩とか」

竹千代は六歳で織田方に捕われたが、いつ殺されてもおかしくない織田方での二年をともに過ごしたのが鶴之助である。

「年端もゆかずに親元から離されたのは鶴之助とて同じじゃ。だが岡崎を出るとき、鶴之助は父に言われたそうでな」

――お前の命など、竹千代君とは比べようもない。父はお前など、どうでもよい。何があろうと竹千代君をお守りせよ。

「家士はそのようなものとは申せ、冷厳な父君でございますな」

槙局は呆れたように首を振った。

竹千代が六つなら、鶴之助も九つだ。敵国へ出される今生最後かもしれないときに、せめて身の温《ぬく》もる言葉をかけてやれなかったのか。

年を重ねた女から見れば、いくさの世に生まれた幼子は皆等しく憐れな命だった。

「とはいえ、それで小姓こそ不憫と思《おぼ》し召されるとは、竹千代君はなんとお心深い御子でございましょう」

「この苛烈な世に、下に優しいばかりでは、やはり城主の器ではなかろうな」

駿河遠江に従順な城代に育てよと今川は言う。今となっては岡崎の生きる道はそこにしかないが、華陽院は清康の時分の岡崎を知っている。竹千代が清康の如くに生い立てと、岡崎の家士たちが願う苦しさが分かる。

そのとき奥の襖越しに男の声がした。

「華陽院様。お目覚めでございましょうか」

槙局が襖を開くと郎等が手をついていた。

「侍が一人、華陽院様にお目通りをたまわりたいと申しております。三河の岡崎城下から参った由」

「岡崎とな。何者じゃ」

槙局が尋ねた。

「それが、故あって名は明かせぬと」

大きな鳥籠を携えた、痩せた年寄りだという。馬が良いので身分はあるようだが、供も連れず、たしかに遠路を来たらしく旅装が雫《しずく》の滴り落ちるほど濡《ぬ》れそぼっているらしい。

「如何いたしましょうか。まこと、遠江を越えて参った様子にて」

思い当たる者はなかったが、華陽院は槙局と顔を見合わせて微笑んだ。

「竹千代の到来で、うらぶれた庵も賑やかになったこと」

槙局がうなずいて立ち上がり、華陽院の鏡と櫛《くし》を調えた。


華陽院と槙局が並んで座ると、狭い客間はいっきに温もっていくようだった。

男が深々と頭を下げている横で、籠に押し込められた鷹が華陽院を見据えて艶《あで》やかな羽を折っていた。

「長い無沙汰を仕《つかまつ》りました」

男が顔を上げたとき、華陽院はその顔にたしかに見覚えがあった。

年は華陽院より十か十五は上だろう。面窶《おもやつ》れして青ざめているが双眸《そうぼう》は鋭い。ゆらゆらと身体が揺れているのは岡崎から馬を走らせて来たのなら無理もなかった。

男の肩の氷雨がみるみる溶け出した。火鉢のそばでも藍色の首巻を緩めずに眉をひそめたままでいる姿は、十数年前、最後に見たときとさして変わらない。

「またお目にかかれましょうとは……。鳥居忠吉殿でございますな」

男は眉を開き、わずかに首肯した。

槙局が肩を寄せて囁いた。

「どなた様でございます？」

「鶴之助の父君じゃ」

槙局はあっと息を止めた。

「局殿、内密に願いますぞ」

槙局は大あわてで辞儀をすると、座敷を出て行った。

しばらく忠吉は用向きを話そうとしなかった。じっと鳥籠を眺めているので華陽院もそうしてみたが、鷹は人には関心がないようだった。

やがて忠吉は大儀そうに口を開いた。

「もはや岡崎は、奉行でさえ今川の城代の許しがなくば動けぬまでになりました」

奉行とはこの忠吉のことだった。今の岡崎での忠吉は、今川家城代の触頭《ふれがしら》といったところだろう。

「府中にても仄聞《そくぶん》いたしております。忠吉殿はまこと、ようお仕えなさる」

忠吉はぐっと唇をかんだ。

華陽院の知る清康がいた時分の忠吉は、若い主の下知に嬉々《きき》として飛び回る、主君からもっとも頼りとされる家士だった。思慮深いが思い切りがよく、無私の働きぶりは上からも一目置かれていた。生き生きとした忠吉の姿を見ているだけで岡崎はどこまでも開けていく気がしたものだ。

あれほどいくさに長けた主がいれば、尾張刈谷が背くことはなく、於大が離縁されることもなかった。竹千代は城主の子らしく家士から幾重にも守られて、誰に気兼ねもなく天真爛漫《てんしんらんまん》に育つことができたのだ。

「道中、馬はさぞお寒かったことでございましょう」

目を凝らせば忠吉は髷からも水が滴り落ちている。みぞれの中を、この年寄りは何を思って駆けて来たのだろう。

目の前にいるこの男ほど岡崎の悲運を我が身とした者もいない。それが何を支えに、ここまで一心に竹千代を守ろうとしているのだろう。

忠吉はそっと鳥籠に手のひらを載せた。

「この鷹は、御台様が尾張より送ってまいられましたものにて」

忠吉は今も於大を御台所《みだいどころ》と呼んでいた。

だが岡崎にはもう御台所はおろか城主もいない。於大もとうに尾張の知多《ちた》へ再嫁して、折々に竹千代に菓子などを届けさせるだけだった。

「鷹があまりに竹千代君を恋うゆえ不憫でならぬと、文には書いてございました。なんとしても竹千代君に届けよと」

「それで忠吉殿は、はるばる鷹を運んでまいられたか」

「いかにも」

忠吉はあっさりうなずいた。

いっときは遠江にも尾張にもその名をとどろかせた岡崎の総奉行だ。それが供も連れずに鳥籠を下げ、遠江をまたいで駿河まで来るとは、世はどこまで変わるのだろう。

「それは竹千代もさぞ喜びましょう。あれは小鳥が好きな童でございますから」

「小鳥が……」

忠吉の声がふとくぐもった。

「竹千代君はお優しゅうござりまするな」

忠吉は所在なげに首巻に手を絡めた。

上に立つ城主の子が小さな命を慈しむのは悪いことではない。

だが忠吉にとってはそれでは足りないのだろう。岡崎が常の城に戻るまでは、竹千代には何を切り捨ててもしたたかに生き抜く烈しさが欲しい。

いつまで保《も》つのだろうと、華陽院はふと思った。忠吉はいつまで竹千代を守り続けるのだろう。この男は倦むことを知らぬのか。

たしかに忠吉は清康に人一倍、目をかけられていた。華陽院もあれほど心の通じ合った主従はほかに見たことがない。

だが忠吉が竹千代を知るのは、ほんの赤児の時分までだ。

清康の血を引くというだけで、いつまで竹千代を奉じることができるだろう。竹千代に入れ込むだけ入れ込んで、人質の育ちをした竹千代に失望する将来を恐れることはないのだろうか。

「忠吉殿。せっかく府中までおいでになったのじゃ。妾の供にでも紛れて、竹千代に会《お》うていかれては如何です」

「いや、そのようなお気遣いは無用にて」

「ではせめて鶴之助にはお会いになりませぬか」

尾張の織田家に捕われていたときと違って、乞えば今川は竹千代に会わせるだろう。まして鶴之助だけなら、たとえ岡崎に戻しても格別のことはない。

だが忠吉は背筋が凍えるような冷たい目で睨んできた。

「よもや倅《せがれ》が、二親を恋うようなことを申しましたか」

華陽院は首を振った。

鶴之助は憐れなほど大人びた少年で、まるでこの世には竹千代のほかには何もないかのように暮らしている。

忠吉は鼻で笑った。

「主家がこのようなときに、一分でも己の身を思う者は、岡崎には不要でござる」

だがたとえそうでも、子供に負わせるには重すぎる荷だ。しかもいつまでと、大人たちは区切りをつけてやることもできない。

それにしても忠吉は最後に岡崎で見たときから、なんと年老いたことだろう。その時分にはまだ授かっていなかった鶴之助は、子というよりは孫のような年だ。

遅くに授かった子はそれだけ可愛いというのに、ここまで酷薄にできるものなのか。

「妾はおととい鶴之助に会いましたが、ここに大きなこぶを拵えておりました」

華陽院は額を軽く叩いて笑ってみせた。

「縁側から転がり落ちたとやらで」

だが忠吉は遮るように手のひらを立てた。

「華陽院様。倅の暮らしぶりなど結構でござる。この年寄りを憐れんでくださるのは忝いが、岡崎をかつての、清康公がおられた時分の城と思うていただいては迷惑千万」

我ら岡崎衆の気分は華陽院様にもお分かりになりますまいと、仇《かたき》にでも見せるようなきつい顔をした。

だが華陽院はかまわずに目尻を下げた。

「妾は竹千代の話をしているのですよ。鶴之助のこぶは竹千代に作られたそうですから」

すると思った通り忠吉は目をしばたたき、華陽院もようやく息をついた。

「竹千代はなんとやら申す小鳥をたいそう可愛がっておるそうな」

たしか目白と聞いただろうか。毎朝毎夕、手ずから鳥籠を開けてちまちまと水を替え、餌を足しては中を清めているという。

鶴之助たちにも手出しをさせず、ただ世話の仕方は丁寧に教えていたらしい。

だが先だって竹千代は熱を出し、しばらく床に就いていた。

寝ずの看病を続けた周囲の心痛は察するに余りあるが、ようやく本復した竹千代がなにより先に尋ねたのは鳥のことだった。

むろん鶴之助はそのときまで鳥のことなどすっかり忘れていた。

「小鳥は生きておりましたが、竹千代は籠のありさまを見て、鶴之助が世話を怠ったことに気がついたのです」

——なんのために、いつも隣で見ておった。

竹千代は声を荒らげると、いきなり鶴之助を縁側から蹴り落とした。鶴之助は額を地面にしたたかにぶつけ、しばらく茫然と座りこんでいた。

大人たちは鶴之助がどれほど竹千代に尽くしているかと説いて取りなそうとした。

だが竹千代は逆に、それとこれとは別だと大人たちを叱りつけたという。

「忠吉殿は、竹千代を気短な童だと思われますか」

鶴之助が立ち上がれなかったのも当然だ。毎日毎晩、幾年も気を張りつめ通しで竹千代を守ってきたのに、なぜこんな些細なことで足蹴にされなければならないのか。

「他国に捕われた身の上では、万一の折に恃《たの》みとするのは鶴之助ただ一人。竹千代はつねにそれを思うて、小姓の不始末には目を瞑《つぶ》るべきでしたか」

小鳥は人質の私の、ただ一つの慰めゆえな。鶴之助には苦労をかけるが、次からは気をつけてやってくれ――

忠吉はゆっくりと瞼を開き、不敵な笑みを浮かべた。

「竹千代君は存外、お優しゅうはございませぬな」

「左様にございますよ」

「まるで己の城におられるかのようなお振る舞いじゃ」

「いかにも。質とは思えぬ、ふてぶてしい子です」

それが生身の竹千代だ。卑下も気兼ねもなく、一見気ままに暮らしている。

竹千代は忠吉が誰より崇《あが》めていた清康によく似ている。

「竹千代はまるでその鷹のようですよ。籠に捕われているくせに、なにやら私たちのほうが、食いつかれそうで」

鳥籠があろうと、意に介さずに息を吸っている。捕われていようと鷹は鷹だ。

「なるほど。倅の御奉公は、気が抜けませぬな」

「ええ。あれでは岡崎城で仕えているのと変わりませぬ。鶴之助はずいぶんと辛抱しておりますよ」

華陽院が笑いかけたとき、初めて忠吉も笑顔を見せた。

百姓のように日に焼けた皺だらけの頬を、一筋の涙が伝って落ちた。

「左様でございましたか。竹千代君が寝ついておられましたか」

「ええ、ええ。どちらももう今では走り回っておりますけれど」

ようやく九つと十二になったばかりの主従である。その日々を、この譜代の年寄りは見ることも叶わない。

「竹千代の気質ならば、何もお案じになることはございませぬ」

「なに。案じたことなどございませぬぞ」

痩せ我慢に慣れた老人だった。

華陽院が幾度頬をぬぐっても、忠吉は石のように動かなかった。

三

忠吉が庵を出るとき、遠くの峰は朝日に染まり始めていた。長く降り続き、夜には白く変わっていた氷雨も今日は上がるようだった。

華陽院の庵のそばは寺があるだけでまだしばらくは人も通らないが、馬が繋《つな》がれていれば人目につく。老いた身を少しは休めさせてやりたかったが、今のうちに出ると言った忠吉を、華陽院も止めることはできなかった。

華陽院は馬を引く忠吉を門まで送って行った。

朝には珍しく、冴えざえとした空には雲が浮かび、夏の入道雲のように輪郭が沸き立っていた。

「御台様より鷹が届きましてな。それがあまりに嬉しゅうて、見境もなく駆けてまいりました」

「この一年、忠吉殿にはさぞお辛い日々でございましたろう」

華陽院がねぎらっても忠吉は静かに首を振る。

ちょうど昨年の今時分、岡崎城で竹千代の父広忠が殺された。家士の中に敵方が紛れていたと人づてに聞いたが、今さら真実を忠吉に確かめる気は起こらなかった。

どのみち岡崎にはもうたしかな味方などいないから、敵といっても尾張の織田か、家督を窺う縁者だったか定かではない。誼を通じる今川でさえ、違うと言い切ることはできないのである。

「広忠公はまこと、思いもよらぬことでございました」

竹千代にしても、織田に捕われていたから岡崎へ戻ることはできなかった。

だが元をただせば竹千代を質に出す羽目になったのは広忠のせいだ。三河安祥城を取り戻そうと織田方にいくさを仕掛け、敗れたからだった。

三河安祥は清康の時分には松平家が本拠の一つとしていた城だった。

それが三河安祥攻めの前年、尾張刈谷までが織田方に寝返って、於大も広忠に離縁されて岡崎から返されていた。

近在の城主たちに次々と離反され、まだ若かった広忠は焦ったのだろう。忠吉たちが止めるのも聞かずに強引な城攻めをして、袋叩きに叩きのめされた。広忠は譜代の家士が身代わりにたって、命からがら岡崎城に帰り着くことができたのだ。

そのときから岡崎は止めようもなく坂を転がりはじめた。城を保つために今川の庇護を乞い、竹千代を質に出した。

「始まりといえば、やはり清康公の死でございましょうか」

今さらどうにもならないと分かっていても、これほどまで苦難が続くと、考えずにはいられない。

もしも清康が死なずに済んでいれば。もしも広忠が三河安祥を攻めなければ。もしも竹千代が織田に奪われなければ、いやせめて広忠さえ生きていれば――

「広忠公は穏やかな御方と聞いておりました。それがなにゆえ、あれほど逸《はや》って安祥の城を取り戻そうとなされたのでしょう」

生き急ぎ、嫡男の竹千代は織田に奪われ、二十四の若さで横死を遂げた。

岡崎を清康の時分に戻すことに躍起になって、負けいくさの果てに道の半ばまでも行くことができなかった。

今の岡崎の惨状は清康の死が始まりではあっても、嫡男を質に出すまでに落ちたのは広忠が無理ないくさを続けたからだ。

そこへ、挽回《ばんかい》するいとまもなく死が重なった。

だが三河安祥をしゃにむに取り返そうとしたほかは、冷静で知恵のある、乱世でも名をはせたに違いない城主だった。

竹千代が織田方に奪われたとき、広忠はそれでも今川につくことを躊躇《ためら》わなかった。もしもあのとき広忠がほんの刹那でも迷い、織田方につこうとしていれば、岡崎城はとうにこの世から消えていただろう。

竹千代を見捨てるという決断に岡崎の家士たちは黙って従った。

まだ二十をわずかに過ぎただけの、負けいくさを重ねるばかりの広忠にそれだけの人望があったのだ。

忠吉は首巻を巻き直し、空を仰いだ。

「御台様とお別れになる折、広忠公は必ず岡崎に連れ戻してやると仰せでございました」

「於大に？」

華陽院は驚いて足を止めた。

「それゆえ広忠公は三河安祥攻めを急いでおられました」

せめてあと一年、広忠が安祥攻めを待ってくれていれば――

華陽院はそっと目尻をぬぐい、忠吉の横で空を見上げた。

「戦国の世に、於大は果報な女子でございますね」

庵の門はすぐそこだ。ここで別れれば、互いにもう二度と会うことはないだろう。

「忠吉殿。最後に一つ、鶴之助の話を聞いていただけましょうか」

華陽院は鶴之助に、岡崎が恋しくはないかと尋ねたことがある。

竹千代を不憫とは思うが、乱世に弱小城主の子に生まれてしまえば仕方がない。だがそれに否《いや》応《おう》なしに巻き込まれた鶴之助は、さだめの子ではないぶん、憐れも募った。

――私が一人で岡崎に帰れば、父は即刻、この首を刎ねると存じます。

鶴之助は手刀を首に当てて屈託なく笑ってみせた。

あの幼い主従はどういうわけか毎日機嫌よく、何かにつけ笑いとばしては明るく暮らしている。

——どうも私は竹千代君とおれば死なぬような気がいたします。なにも我が命を惜しんで申すわけではございませんが。

鶴之助という子はときおり忠吉に似た仕草をする。空が澄んでいると、静かに物を思うように雲のあわいを見上げるのだ。

その横顔は病んで悲しそうにも、満ち足りて嬉しそうにも見える。

華陽院が尋ねたときも鶴之助はそんな顔をして高い空を眺めた。

——あの父のことでございます。いつか夜闇《よやみ》に紛れて竹千代君のお姿を拝しに参るかもしれません。

そのうち華陽院様の庵へもやって参りますと、鶴之助は楽しそうに見通していた。

——私とて父には会いとうございませぬ。ですがもし父が参りましたときは、お伝えいただきたいことがございます。

あのとき鶴之助が見せた横顔を華陽院は忘れない。十二の少年とは思えないほど凛として、触れてはならぬもののように気高かった。

——私は幾度雲のあわいを眺めても、父の話す幻は見ることができませぬ。ですが私は生身の竹千代君を知っております。雲間には何も見えずとも、竹千代君のおそばにおれば父の幻を信じることができます。

私がそのように申していたと、お伝えください——

華陽院が顧みると、忠吉はやはり首巻に手を触れながら黙って空を見上げていた。

まだ冷たい朝の風に、その首巻は心地よさそうになびいていた。

「倅がそのようなことを申しましたか」

忠吉は手綱を引き寄せた。

「広忠公の一件がありましてより、この年寄りの心が弾んだのは、御台様から鷹が届いたときのみでございました」

「あの鷹に、なにか格別の徴《しるし》がありますのか」

「そのようなものはございませぬ。なれど道中、あの鷹はずっと府中を向いておりました。忠吉めはそれを支えに、ここまで走ってまいった次第」

於大が尾張刈谷に返されるとき、忠吉が渡した鷹だった。それがなぜか、この年寄りに府中まで駆ける力を吹き込んだ。

「華陽院様。それがしは不思議と、竹千代君が暗愚に育つと思うたことはありませぬ」

どこで誰に、どのように育てられようと、忠吉はその生い立った姿に失望することはない。竹千代の成長だけを恃みに待っていても、忠吉は決して裏切られることはない。

「まだ襁褓《むつき》の時分にそう思いましてな。そのときの熱が今のそれがしを支えておるのかもしれませぬ」

忠吉は首巻の上に手を重ね、それからゆっくりと馬にまたがった。

「此度、華陽院様がご養育くだされることになり、忠吉めは今はこれ以上、何を望みましょうか」

忠吉が馬の背から見下ろしていた。その顔はやはり笑みを浮かべているようにも、悲しみをこらえているようにも見えた。

　華陽院はその足にすがった。

「忠吉殿、雲のあわいとは何でございますか。そこに忠吉殿は何を見ておいでです」

　清康と並んで秋空を眺めたはるかな日。清康は雲のあわいを指さして、ゆっくりと進む万軍の列が見えると言った。

　華陽院はついに見ることができなかった。だが清康はたしかに見ていたと、華陽院は今も信じている。

「何が見えるのでございます。あの雲間に、そなたは何を見ておられる」

　忠吉はふわりと目もとを緩め、華陽院に笑いかけた。

「清康公がおいでの時分は良うございましたな、華陽院様」

　年を取れば誰もが昔を恋しいと思う。だが華陽院も忠吉も、繰り言が詮無いことを誰より分かってもいる。

　それでもなお岡崎には、口に出して恋い慕わずにはいられない日々がある。なぜ岡崎は道を変えねばならなかったと、御仏を引き据えて問い質《ただ》したいほどの悲しみがある。

　岡崎の者たちはなぜここまで貶《おとし》められねばならぬ。なぜこれほどの苦しみを乗り越えて行かねばならぬ。こうもなるなら、なぜ清康の下で儚《はかな》い夢を見せた――

　忠吉はそっと空を仰ぎ、断ち切るように前を向いた。

「忠吉めが雲のあわいに何を見ていようと、今の岡崎のありさまでは信じてはいただけますまい」

忠吉は静かに馬の腹を蹴った。
泣いているようなその背を、華陽院はただ佇《たたず》んで見送った。
わずかに春が近づいた空にはありきたりの雲が茫洋とかかるのみだった。

五　禍《まが》の太刀

岡崎城主松平広忠公がみまかって、嫡男竹千代君が遠江の今川へ質に取られて三年が経っていた。

主のいない岡崎城は今や今川の支城になり下がり、本丸二の丸には今川の遣わした城代が我が物顔で在番する。岡崎奉行の鳥居忠吉たちは扶持《ふち》もなしに今川の先鋒《せんぽう》として尾張の織田とのいくさに追い使われる日々だった。

新六《しんろく》がそのことを話そうと決めたのは、少年の名が五郎太《ごろうた》だと知ったからだったかもしれない。縁者に同じ名があったわけではないが、少年の名に入った数が己と続いていることに興をそそられた。

尾張沓掛《くつかけ》で織田方への総攻めを翌朝に控えた夜半のことだった。

松平衆は城内の音が届くような目の前に陣を張り、新六はその隅で藪《やぶ》から飛んで来る蚊を少年とともに懸命に払っていた。

五郎太はこれが初めてのいくさという下士だった。骸から奪ってきた甲冑《かっちゅう》を夜も脱がずに、躍起になって蚊を潰していた。いくさ場では満足に槍を動かすことができず、数日のうちにすっかり臆病者と嫌われて松平の陣から爪弾きにされていた。

今年三十三になり、いくさ場をいくつも経てきた新六には、明日の総攻めで大勢の松平衆が死ぬことは目に見えていた。今日のいくさも一人で二人を相手にするような凄絶なもので、味方は次々に数を減らし、夕暮れどきにはおおよそ三人に取り囲まれるような劣勢に立たされていた。

昨日今日と酷《むご》い屍《しかばね》をいやというほど見た五郎太にとって、新六の話はさぞ突拍子もない法螺に聞こえただろう。二人はこの尾張沓掛で組を同じにされて初めて顔を合わせただけの間柄である。

五郎太のいくさぶりは朋輩《ほうばい》の背にしがみついて敵の槍を防ぐという見苦しさだった。新六にしても憐れと思いこそすれ、その先行きには毫《ごう》も恃むものはなかった。

「太刀をの、取り替えぬか」

新六がそう言ったとき、五郎太は蚊を払うのを止めて怪訝《けげん》そうに新六の腰に目をやった。

新六が携えているのは鞘に赤漆を塗った、さして値も張らぬありふれた太刀である。塗師《ぬし》だった父が新六のために拵えたもので、いくさのたびに下げてきたから漆がところどころ剝げている。

もちろん刀のほうは刃こぼれの果てに折れたこともあり、二度ほどは厭《いや》なものを斬ったのでその場で捨てた。今のものが幾本目かはすでに覚えていない。

だが父の塗った鞘ばかりは、刃のほうを無理に収まるものを選んで使い続けてきた。

五郎太は首を背けるのも億劫《おっくう》そうに太刀から目を逸らした。

「儂の午《ひる》の働きぶりを、五郎太も少しは見たであろう」

そう言ってやると初めて、五郎太はこちらを向いてうなずいた。

午のいくさで新六は騎馬武者の首を一つ獲《と》っていた。敵味方が入り乱れたいくさの終わりがたに槍で突かれて落ちた男だったが、上背もあってまだ十分に強かった。

長槍を振り回して寄せつけなかったところを、疾風のように新六が横から回って一太刀で倒したのである。そして刻もおかずに首を斬り取り、腰紐《こしひも》にぶら下げた。

そのときもその後も、どういうわけか五郎太がそばにいて、その怯えた姿は新六の目にも入っていた。

だが細さが際立つ五郎太の姿など、いくさ場ではすぐに消えるだろうと気にも留めていなかった。新六が図らず見たときも、五郎太の太刀筋は甘く、とても日暮れまで保つとは思えなかった。手足が無駄に長い体つきだから兵争にはおよそ不向きで、辺りの百姓のように迷惑げにいくさを眺めているほうが似合いだった。

だから夕刻にも五郎太がまだいくさ場に立っているのを見たときは、あまりの意外さにこちらの手足が止まったほどだった。

いくさというのはときに、こういう不思議な番狂わせがある。そこに何か妙な力が働いているような思いにもとらわれた。

だが、ただそれだけのことだった。

「新六殿のようにいくさ場で瑕の一つも作られぬのは、よほどの腕でございますね」

私は初陣ゆえ、と愚痴るように言って、五郎太は頭を抱えてうつむいた。三刻あまりも続いた午のいくさに、ほとほと嫌気がさしているようだった。

「今日のようないくさが、明日も明後日も続くのでしょうか」

五郎太の唇は死人のように青ざめていた。疲れ果てたその背にはいくさに滲じた悔いが重くのしかかり、それが明日の五郎太の命運そのもののように見えた。

雑兵にとっていくさは勝つまで帰れぬものだ。万一逃げるときは真っ先に殿軍にされるのだと、死の恐怖に震える少年に言って聞かせるのは酷だった。

「明日は総攻めゆえ、今川の合力もあろう。少しは楽ないくさができるかもしれん」

五郎太は薄い笑いを浮かべた。

「今川などあてにはなりませぬ。我らに粗相があれば竹千代君の首を刎ねると、脅しつけおって」

「不吉なことを申すな。痴れ者《しもの》が」

所詮いくさ場で他家を頼みにするほうが悪い。いくさとなれば己一人なのは決まりきったことではないか。

五郎太は湿ったため息をついた。

「新六殿には郎党も、背を預けて戦う友もおられぬようでございます。だというのにお強い」

「おぬしに、よう他人を見ておる余裕があったものじゃ」

五郎太はおずおずと新六の太刀に目をやると、その鞘が美しゅう輝いておりましたと、顎をしゃくった。

卑しげなその顔つきが新六は好きになれない。

「いくさなど、もっと易いと思うておりました。母には大きな手柄を立ててまいると申したのでございますが」

「初陣ならば、左様であろうな」

「もはや手柄など大口は叩きませぬ。私は沓掛から生きて帰ることができれば、ほかには何も望みませぬ」

五郎太は虚《うつ》ろな顔で陣の竹矢来の先を眺めた。

「まだ若いではないか。手柄の一つも願うてみよ。さすれば力も湧いてこよう」

「織田が皆、私の命を奪いに向かってくるように見えるのでございます。私は幼い時分から喧嘩《けんか》は負けてばかりでした。そのような臆病者が、いきなりここまでのいくさ場に放り込まれては」

今川に竹千代君を取られているかぎり、松平衆のいくさはこのままだ。分かりきったことを諦めもつけずに、五郎太はくどい。

「いくさの最中にそのようなことを思うておっては、十に九つは死ぬぞ」

だが五郎太は胴震えが来たように首を振った。

「新六殿のような御方には、不運に生まれついた者の心は分かりませぬ」

五郎太が膝のあいだに頭を埋めた勢いで、新六の太刀がかつんと鳴った。

新六の太刀は小さく揺れはじめた。

「おぬしは死が恐ろしいか」

「ええ、ええ。私は臆病者でございますゆえ」

五郎太は激しく首をうなずかせた。

世が戦国でも、侍の子でも、そんな生まれつきはある。代々の百姓からいくさに長けた者が出ることもあるように、武士でもいくさが性に合わぬ者はいる。

新六にしても、ついに鞘師になれずに終わった塗師の子が、父の道を逸れて侍になったのだ。

太刀の揺れに耳を澄ませた新六は、沓掛に来てからずっとこうだったことを思い出した。

太刀が風にそよぐように小さく揺れる。今までに二度そんなことがあり、この沓掛が三度目だ。

「儂がおぬしを助けてやってもよい。五郎太がどうしても生きて帰りたいと申すなら、死なぬ秘策を授けてやる」

五郎太がぼんやりと顔を上げた。

「儂はこう見えて槍働きは不得手での。にもかかわらずこれまで生きおおせたわけを、五郎太には聞かせてやってもよい」

新六は刀の鞘に軽く指を這わせた。太刀はたしかに今も震えている。

「儂の太刀と五郎太の太刀を取り替える。この太刀さえ携えておれば、おぬしは決して死なぬぞ」

ほ、と気が抜けたように五郎太は鼻で笑った。

「私があまりの臆病ゆえ、からかっておられますか」

拗ねて言いながら、五郎太はどこか物欲しげに太刀と新六にかわるがわる目を動かしている。

「たしかに私は、はじめから新六殿の太刀に魅《ひ》かれておりました。ですがそれを持ってさえおれば死なぬと言われては」

「五郎太がどことのう初陣の儂に似ておるゆえ、助けてやりとうなったのよ」

五郎太は斜めを向いて笑い捨てた。

「似ておるなどと。私はこのさき一度でも、騎馬の首を落とすような真似はできませぬ」

「そう意固地になるな。まことの儂はおぬし同様、腕はからきしでの。すべてはこの太刀の力よ」

新六が軽く太刀を叩いてみせると、五郎太はごくりと唾を呑んだ。

「その太刀を、取り替えてくださると仰せですか。いえ、まさか真と思うておるわけではございませぬが」

「儂の話が信じられぬならば、太刀は替えずともよい。聞けば魂魄を取ると申すのではない。いやなら取り替えねばよいだけじゃ」

「太刀にはなにやら念が籠もり、人の血を好むものがあると申しますが」

新六は笑いを噛んだ。五郎太ほど肚《はら》の据わらぬ男も見たことがない。

「案ぜずともよいわ。この太刀は、ついには主の命を取るなどという筋の通った妖刀ではない」

新六は腰から太刀を抜き取った。

「これも太刀が呼んだことかもしれぬゆえの」

太刀は侍の命の楯だ。それを取り替えるのは運命を取り替えるのと同じだ。

新六が、五郎太のかわりに死んでやろう。

「そのような太刀を、なにゆえ私などに下されるのでございます。私は何を差し出せばよろしいのですか」

「なに。儂は此度の沓掛を最後に、武士を捨てるつもりであったのよ」

新六はもう存分に手柄も立てた。この太刀も、岡崎に帰れば土に埋めると妻に誓って携えてきた。五郎太がいらぬと言えば捨てるだけだ。

「五郎太は儂の名を聞いたことはないか」

「は、存じております。鳥居忠吉様配下、植村《うえむら》新六殿と」

「そうではない。植村新六という男の、岡崎での風聞を知らぬかと尋ねておる」

五郎太が不安げに新六を見返した。

こう見えて松平家中で新六の名を知らぬ者はない。だから組のなかでも新六だけが浮き上がり、誰にも口をきいてもらえなかったのだ。

そこへ臆病すぎて組からはじき出された五郎太が寄って来て、いつからか並んで蚊を払っていた。

新六はぴしりと己の腨を叩いた。血に膨れた蚊が潰れて、五郎太が顔をしかめた。

「三年前の、広忠公がお亡くなりあそばした顚末《てんまつ》は知っておろうな」

「むろんでございます。岩松八弥の名だけは、松平家中の者は死しても忘れませぬ」

新六はうなずいた。天文十八年（一五四九）、まだ二十四歳だった広忠公は側近くに仕えていたその者に殺された。

「では清康公の一件はどうだ。守山崩れの折は、五郎太はまだ生まれておらなんだであろう」

「ですが、周りから聞かされぬ者はありませぬ」

そう言って五郎太は癇《かん》の強そうな皺を浮かべた。

十七年の昔、広忠公の父清康公は尾張守山で二十五の若さで横死を遂げた。そこから松平家の苦難が始まった、守山崩れである。

もしも清康公が守山で死ぬようなことさえなかったら、あのとき松平はいっきに尾張の織田家を呑んでいた。あの時分の松平家にはそれほどの勢いがあった。

それが二代も続けて当主を若くして失うことになり、今では松平は、尾張の織田と遠江の今川にじりじりと領分を削り取られている。竹千代君を今川の質に出し、それでどうにか岡崎城を持ちこたえているという体たらくだ。

「清康公を殺めたのは阿部弥七郎と申す少年でございましょう。行き違いとやら聞いておりますが、たいそうなことを仕出かしたものでございます」

「人を謗《そし》るは易いがの。ならば五郎太は、八弥と弥七郎を仕留めた者の名は聞いておらぬか」

五郎太が、あっと息を呑んで新六を見返した。

新六は顔を背け、蔑みを吐くように笑った。

「ようやく思い出したか。そうじゃ、儂よ。そろって二人の首を討ち、感状まで貰《もろ》うたのはこの植村新六であったわ」

目を閉じて鞘にもう一度指をやると、それはたしかに揺れていた。

「八弥と弥七郎、あの二人を討ち取ったのがこの太刀じゃ」

五郎太を振り返ったとき、遠い東の峰がわずかに白み始めていた。


天文四年（一五三五）の師走、清康公は尾張守山に織田を攻めていた。総攻めにかかる手筈《てはず》だった守山城はもぬけの殻で、清康公は軽々と本丸に入り、小さな館に寝所を取った。

若い新六は宿直《とのい》として隣室に控えていたが、生まれて初めて岡崎を離れたせいか、長い夜のあいだ様々なことが頭を巡っていた。

夕刻までかかって城下の家々を焼き払い、いくさが今にも始まるかと張りつめた一日だった。歯の根が合わぬのは武者震いだと、意地になって己に言い聞かせていた。

目を閉じると父の姿が浮かんできた。

新六の父が二度といくさ駆けのできない足になったのは十三の初陣のときだという。もとから槍働きが得手という性質ではなかったのに、生涯いくさ場を駆ける夢を捨てられぬところがあった。

――必ずや手柄を立ててまいれ。命など惜しんでおっては存分に働けぬぞ。

新六が覚えているはじめから父は塗師だった。だが儂はいくさ場でこそ手柄を立てる男だったと愚痴をこぼすのを聞いて、新六は育ってきた。

素木《しらき》で渡された鞘に父が刷毛《はけ》を当てると飛び立つ鳥のような勢いが出たが、父は暗く笑って、儂のいくさ場での働きはこの程度ではないぞと言ったものだった。

父はいつも恨みがましい顔で盥の漆を溶いていた。

――儂はのう、新六。いくさ場でどこを駆ければ手柄が転がっておるか、この眼《め》で見通すことができたのじゃ。侍はいかに太刀筋がよかろうと、兜首を狙わずに手柄が得られるものか。新六もいつか侍になれば、追首でも卑怯《ひきょう》でもよい、手柄を立ててまいれ。

母が横で笑って、卑怯は生き抜くときだけですよと言ったのを覚えている。

だが父は唾を吐き捨てるように、女子はこれじゃと顔を背けた。

やがて新六は十六になり、清康公の守山の行軍に従うことになった。

「では新六殿はそのとき、初陣だったのでございますか」

五郎太は驚いて目を見開いた。

「初陣どころか、斬り死にした骸さえ見たことがなかったわ」

そのとき父が新六に持たせたのがこの太刀だった。

真《ま》っ新《さら》のときは触れれば手が爛れるような熱をおび、塗りでたわむほど持ち重りがした。初めて鞘をつかんだとき太刀のほうから新六の手に吸いついて、漆がまだ乾いていないかと思ったほどだ。

——これで思い残すことはない。

そう言って父は真実、新六が守山へ出ているあいだに死んでいた。

そうとは知らずに新六はあの師走の朝を迎えた。

前夜、清康公の寝所の隣で新六は無言で佇む父の幻を見た。父は新六には目もくれず、己の塗り上げた太刀だけに向き合っていた。

その目を深く覗き込んだとき、新六は父が欲しがっているのはただ己の功名なのだと唐突に悟った。父は新六の無事でもその手柄でもなく、その太刀が名を挙げることだけを望んでいたのである。

功名だけを求めて走れ。儂はどこに手柄があるか知っておる——

我に返ったとき、新六の傍らで父の太刀が震えていた。

妙に胸が騒いで、新六は太刀を引き寄せた。

太刀が囁きかけてくる。早く、早く、儂に功名を挙げさせぬか——

たまらずに太刀を抱いたとき、座敷の外廊下を誰かが通って行った。

足を忍ばせているのでも、あわてて大股で踏みしめているのでもない。板戸は閉《た》ててあるが、歩いて行く少年の姿が新六には透けて見えるようだった。

少年の顔には見覚えがあった。ともにこの守山が初陣で、岡崎ではよく口をきいた弥七郎だ。青ざめて額から汗が流れ落ちているのまではっきりと目に浮かんでくる。

どこかで馬が蹄を蹴り上げている。そういえば今しがた地面が揺れたのではなかったか。

新六は耳を澄ませて太刀を腰に差した。

だが誰かが囁きかけてくる。待て、今しばらく待て――

「待て？　父君の太刀が、早く行けと囁きかけたのではないのですか」

新六は首を振った。父の声はたしかに待てと言ったのだ。

まだ早い。手柄にはまだ早い――

あれから新六は幾度、それを気の迷いだと打ち消してきただろう。太刀が震えたのは地震のせいだ、よしんば太刀が囁いたのだとすれば、それは、早う止めよと言ったのではなかったか。

新六が父の声を振り切って正面の障子を開けたとき、清康公は夜着のまま外廊下に出て立っていた。

その背には弥七郎が半身をよじってぴたりとつけ、あっと息を呑んだ刹那、目の前で折り重なるように倒れていった。

新六の目には己の太刀から弥七郎の背に伸びる光の弧が見えた。

弥七郎が清康公の背から脇差を引き抜き、重ねて刺そうと振り上げた手首にその弧が交わった。

そのとき鞘が音もたてずに抜け落ちた。新六は弥七郎の手首を撥ね上げると、そのまま刃を返して、まっすぐに弥七郎の背を貫いた。

ようやった。儂《わい》はようやった――

耳にまたその声が聞こえた。

新六は柄を握ったまま腰を抜かした。

目の前に手首を飛ばされた弥七郎が横たわり、清康公にはすでに息がない。

あとは誰が新六の手からわななく太刀をほどいたかも覚えていない。人を斬ったことなどかつてなく、この目で初めて見た骸は清康公だったのだ。

やがて獣のような号泣に新六の身が揺すぶられた。

駆け寄った皆が次々と弥七郎の屍に太刀を浴びせ、辺りは血しぶきに満ちた。新六の袴は漆に浸されたように粘り気を帯び、新六はむせかえる血に溺れて気を失った。

だが清康公を弑した弥七郎をその場で屠《ほふ》って、新六が褒められぬわけがない。目を覚ますと新六の体は涙をぬぐう大勢に取り囲まれ、ようやったようやったと撫で回されていた。

それからも清康公の横死が語られるたび、新六は大した手柄じゃったと、涙を浮かべて背をさすられた。清康公の無念はあれで晴らされたと、誰もが信じたかったからだろう。

そしてそのたびに新六はいやでもあの刹那を思い出した。

あれが己の力でないことは新六がいちばんよく知っている。

弥七郎の手首はあまりにも鮮やかに切り落とされていた。新六の刃は背後から正確に弥七郎の胸を一突きにして絶息させていた。

あとから家士が弥七郎に浴びせた太刀はどれも切っ先が鈍り、骸をなますにしただけだった。

目の前で主が無惨な死を遂げ、どんな豪の者も常の太刀は振るえなかったのだ。怯えて肩をすぼめる新六の腰で、父の鞘だけが誇らしげに震えていた。

弥七郎の血を吸った太刀など、その場で捨てたのだ。それなのに新六の腰では褒められるたびに太刀が疼《うず》く。それは刃ではなく、鞘の震えだ。

「五郎太は褒められて肌が粟立《あわだ》ったことはないか。この太刀はそれよ。儂が粟立たぬかわりに、鞘の漆が粟立ちおる」

鞘の漆を撫でると今も指が熱くなる。目を逸らしてもあの万軍の列が浮かび、この太刀を決して離したくなくなってしまう。

それを五郎太が憑《つ》かれたように眺めている。

「儂は一度として己の手柄じゃと思うたことはない。己のしもせぬことで言祝がれる、これほど空《むな》しいこともあるまい」

そしてこの太刀はそれを知っている。

新六には手柄の欠片もない。もしもこの太刀でなければ、清康公が刺される場に居合わせて存分に働けたはずがない。

新六が携えているかぎり、この太刀は手柄の主が己だと実感できる。手柄には一分も新六の力は加わっていない。

「ですが太刀を振るわれたのは新六殿ではございませぬか」

「人死にを見たこともない者に、いきなり手首ごと刀を撥ねる芸当ができるものか。儂は鞘に操られて動いただけよ」

「それは父君がお力を貸されたのでございましょう」

「この鞘がひとすじに手柄へ導いたのじゃ」

「それこそ神力《しんりき》の太刀と申すものでございます」

新六は首を振った。

「神力の太刀などであるものか。これは禍《まが》の太刀よ」

この鞘は己が手柄を立てるために新六の身を使っている。己が満たされるためなら携える者は選ばない。きっと敵の手に渡れば、手柄欲しさに新六などあっさり斬って捨てるはずだ。

「ではこの太刀が神力を授けるのは新六殿だけではないのですね」

五郎太の目が妖しく輝き、新六の太刀ににじり寄った。

「命を守るのは確かであろうがな。主に死なれて、いくさ場に落とされては手柄どころではないゆえの」

新六は嘲るように笑った。

父は刀匠でも鞘師でもなく、鞘師の指図で漆を塗っていた者だ。鞘師になろうとしてなれず、塗りが好きで選んだ道でもない。

あげくに父の鞘は、外で刃に働かせ、己はそれが鞘に戻ったときに賞賛だけをともに浴びて悦に入る。

何が、清康公の仇を討っただ。凶事に遅れ、止められなかっただけではないか。いやそれどころか、手柄欲しさに待てと囁いたのではなかったか。

「陣中での儂を見れば分かるだろう。儂は岡崎ではかなり悪名が高い」

「主君の仇を二代続けてお討ちなされた新六殿がでございますか。尋常の強運ではありませぬ」

「ああ、まさにそれが悪名の因《もと》よ」

新六は顔を上げた。

中天まで白く染まった空に雲が浮いている。あの雲のあわいに大河の如くにたゆたって見えるのは、高らかに金扇の馬標を掲げた竹千代君の軍勢だ。

新六は目を閉じた。

弥七郎と違って八弥は広忠公を刺し貫くと、その身体をこちらへ押し凭《もた》せて逃げ出した。新六はまだ温かい広忠公の身を振り払い、八弥に追いすがって堀の間際で足首を薙《な》いだ。八弥はそれでも立とうとしたが、新六の太刀が迷いもなく首の付け根へ一閃《いっせん》した。

八弥の首は目の覚めるような弧を描いて一間も向こうへ飛んで行った。

「岩松八弥を仕留められた新六殿の太刀捌《さば》き、それは見事であられたと母に幾度も聞かされました」

「真実の儂は、一太刀で首を落とせるような技は持たぬ」

だが五郎太は聞いていなかった。酔ったように体を揺らし、うっとりと新六を眺めている。

「広忠公を刺し、蝦蟇《がま》のように這いつくばって逃げ出した八弥を、新六殿は龍虎《りゅうこ》もかくやと追いつめられた」

「…………」

「皆が茫然と佇んでおるあいだに一人、八弥を狙いすまされ、城の堀まで追い迫られたと聞いております」

そうして新六の身体は跳ねた。八弥に組みつき、すんでのところでともに堀へ転がり落ちるところだった。

「まるで広忠公が乗り移られた鬼神の如くであったと、これは兄が申しておりましたか」

五郎太はそのさまを思い浮かべるように目を閉じた。

八弥の弑逆《しぎやく》も新六の目の前で起こったのだった。新六があのとき広忠公のそばにいたのは、功名を恃む侍が一番槍を狙って先手《さきて》で待つのに似ていただろう。

あの日も新六は前夜から胸が騒いで寝つかれなかった。今にも父の亡霊が眼前に立つようで、いやな夢を見た。新六の右手が血糊《ちのり》の中でもがき、不気味な何かをつかみ上げると、それは漆の滴る父の太刀だった。

目覚めた新六は肩で大きな息を吸った。傍らに置いた太刀がかすかに震え、幾度頭を振っても弥七郎のときのことがよみがえった。

亡者の囁きが聞こえぬようにと布団の中で耳をふさいでいた。何ごとかが起こる気がしてならず、次こそは広忠公を守らねばならぬと身を硬くしていた。

やがて朝も去り、日が明るく差した。

新六は固唾を呑んで広忠公を目で追っていた。今度こそ遅れるまいと、足はいつでも駆け出せるように整えていた。

そのとき新六の左足が、がつんと何かに叩かれた。新六が驚いて太刀を見下ろすと、漆が溶けて滴って見えた。

あっと誰かが息を呑んだので、新六は顔を上げた。そのときにはもう八弥が広忠公に切っ先を向けていた。

新六の足は刹那に駆け出した。八弥が広忠公から離れ、広忠公の体が前のめりに崩れていく。

だが新六には広忠公の姿は目に映らなかった。

八弥の背から光の弧が伸び、それが新六の太刀に結ばれている。新六の目はその弧から離れない。

「あれほどの太刀捌《さば》きは誰も見たことがないと申します。広忠公は黄泉路《よみじ》へ旅立たれるより先に、八弥の首が撥ね飛ぶのをご覧あそばしたと存じます」

三年前のあの日のさまは今も繰り返し瞼に浮かぶ。

八弥の首は舌を突き出したまま岩の角に激突し、ぐしゃりと潰れて目玉が土に転がった。胴体はまるで首を捜すように、長いあいだ倒れずに両手で空を掻きむしっていた。

あげくに自ら堀へ落ちて背骨が真っ二つに折れていたと、噂は瞬く間に広がった。

皆の無念を晴らすにふさわしい酷い最期だった。新六はたいそうな手練だと、城下の辻で人に会うごとに声をかけられた。

やがて新六は城の広間へ召され、奉行の鳥居忠吉から感状を下された。

新六は両手で太刀を捧《ささ》げ持ち、深々と頭を垂れた。太刀に載せて感状が置かれ、新六の手は激しくわななないた。

己の腕が震えていたのか、太刀が粟立っていたのか分からない。

だがむろん、あのときも八弥を斬った刃はとうに捨てていた。

「では弥七郎と八弥、二人に始末をつけたのはこの鞘でございますか」

「左様。刃は二度とも捨てた。その後も幾度か新しく替えておる」

感状が下されてしばらくは誰も新六へのねぎらいを惜しまなかった。城下のどこで行き交っても新六は褒めそやされた。

清康公と広忠公、お二方の仇敵を一人で討ちおった。ここ一番で鬼神の働きとは、彼奴こそ岡崎衆の誉れじゃのう――

だがやがて褒めるのにも倦んだか、皆の胸に疑いの種が芽吹きはじめた。

両公揃うてとは、希有《けう》というにもほどがある。彼奴が悪運を引き寄せたのではないか――

そもそもは傍衆のくせに、殿が刺されるまで何をしておった。傍衆が新六でなくば、あのようなことにはならなんだわ。

常の新六を見よ。腕は立たぬ、肚も据わらぬ。殿を助け起こしもせんでの。

おお、儂は見たぞ。寄りかかられた殿を、彼奴は支えもせんかった。

松平の不運は、彼奴のせいじゃ――

いつからか道で新六の姿を見ると、皆が足早に散るようになった。

広忠公の死から一年も経たぬうちに、新六は岡崎で親しく口をきける者もなくなった。新六、弥七郎、八弥と数が並べば、あとは苦ばかりと思うようになったのはこの沓掛のいくさに出る前だ。

「ですが、それは武士が気に病むことでしょうか。皆、新六殿の立身を妬んでおるのです」

新六はぞっとして太刀に目をやった。父の鞘が口をきいたかと思うほど、五郎太の声は父にそっくりだった。

「男は妬まれるほどになってこそ、生きる甲斐《かい》もございます」

「五郎太ならば意にも介さぬか」

ぷっと五郎太は吹き出した。

「私は弱者の僻《ひが》みなど歯牙にもかけませぬ」

新六は鞘に目をやった。

五郎太のような男をこそ、この太刀は待ち続けていたのかもしれない。手柄を素直に喜ばぬ新六など、鞘には不服だったかもしれない。

だが新六も己が立てた手柄ならきっと喜んだ。新六もかつては五郎太のように初陣におののく少年で、今も己で手柄を立てたいと願うだけの可愛げは持っている。

それをこの太刀が蝕《むしば》んだ。

「この太刀が、いつか人の心を消してもかまわぬか」

「いくさ場で人の心など持っておっては生き抜くことはできませぬ。五郎太はとうに、獣になっております」

そのわりには意気地がないではないかと、新六は鼻で笑った。だがこの浅薄さも父の太刀には似合いかもしれない。

空を見上げると、白んだ西の空にまだ星が一つ沈まずに残っていた。

――なぜ新六を塗師にしてはなりませぬ。

母が父の袖にすがって泣いていたのはいつだろう。幼い新六は母の裾をつかんで、二人の諍いにただ涙をためていた。

――それほど侍、侍と申されるなら、あなた様が今からでもいくさにお行きなされませ。己では太刀も振らず、命も懸けず、新六に丸投げとは卑怯ではございませぬか。

父の手が風を切り、母の頬を打った。

それでも母は倒れたまま声を荒らげた。

――あなた様は鞘師にもなれず、すべてを足のせいにしておいでじゃ。まこと手柄を呼び寄せる力があれば、初陣で怪我などされませぬ。足が悪うなられたのは、塗師として生きよとの神仏の憐れみでございます。

母のむせび泣きが賤家《しずや》に響いた。

己の手柄しか頭になく、己が人に褒めそやされることのみを願って息をする父だった。己しか顧みぬゆえ、皆がその周りから去って行った。

その父が五郎太をここへ呼んだのだ。

五郎太の目は赤漆の太刀からわずかも動いていなかった。


八弥に刺された刹那、広忠公にはまだ息があった。

だからこそ脇にいた二、三の者は血相を変えて広忠公を抱き起こし、傷口をふさごうとした。城門を閉ざせと口々にわめき、賊など後回しじゃと皆が広忠公に駆け寄った。

そのなかで新六だけがためらいもせず、家士の群れとは逆に足を踏み出した。広忠公のことは思いもせず、ひたすら八弥の後を追っていた。

それはそうだ、太刀にとってみれば広忠公を介抱しても何の手柄にもならない。八弥を無惨に斬り捨ててこそ人の口の端に上り、手柄も手に入る。

新六には人の心はなかった。主君を目の前で殺されて、とっさに右も左も分からぬのが家士というものだ。一途に手柄を望むなど、醜い欲と執着だ。

だが新六は太刀に操られ、目はひとすじに鞘の放つ光の弧だけを追っていた。

「この太刀は手柄が餌ゆえ、たしかに生き生きと働きおるわ」

この太刀とずっと過ごした新六には、母が父のもとを去ったわけがよく分かる。己の栄達しか考えず、それも己自身で打ちかかるのではなく、ただ腰にぶら下がって上首尾を待っている。あそこへ行け、こちらへ太刀を向けよ、さあ儂の言う通りに。

——新六は渡さぬぞ。去るならば一人で去れ。

塗師の腕は悪くなかったが、虚仮《こけ》にしながら刷毛を動かしている父は、いつしか工人たちからも背を向けられるようになった。

母も新六が七つのときに泣いて家を出たきり、二度と会うことはなかった。

「見れば見るほど神さびた太刀でございます。これを真実、取り替えてくださるのですか」

「ああ。だが言うておくぞ。おぬしもいずれ、この太刀を誰ぞに譲りとうなる」

この太刀は禍の太刀だ。あらぬ幻を見せ、人の心を奪い、手柄のためには主君の命さえ惜しまない。

それを悟ってもなお、幻に魅入られて太刀を手離すことができない。

「ですが、なぜ私に」

「この太刀がおぬしを呼んだのであろうな」

そのとき遠くの尾根から日が差した。

新六はこれが最後と思い定めて赤漆の太刀を見た。

きっと父も、新六よりは五郎太の腰にすがりたかろう。だから昨日あれほど震えていたのだ。

清康公と広忠公の、あのときと同じように。

「五郎太は今日も生き抜くのじゃな」

五郎太が新六の太刀に手を伸ばした。いや太刀のほうが新六を離れ、五郎太の手のひらに吸いついた。

五郎太はやにわに駆け出した。それはまるで鞘から伸びた光の弧を追いかけていくようだった。

手柄が転がっておるわ。行け行け、儂は天下取りをしておるのじゃぞ——

これまで幾度となく耳にこだました父の高笑いが、走り去る五郎太の腰から聞こえてきた。


新六は惚けたように膝を抱き、日の昇るさまを眺めていた。

——諦めるな。この太刀はおぬしの守り刀ではないか。

沓掛へ出立する前、別の太刀を帯びようとした新六を、奉行の鳥居忠吉は強く押しとどめた。

——なにゆえこの太刀を忌む。この太刀が見せる幻のどこが邪《よこしま》じゃ。

満天に星が輝く夜だった。

忠吉は藍の首巻に目を落としていたが、顔には隠しきれない疲れが出ていた。此度の尾張沓掛も今川に命じられるままのいくさで、たとえ勝っても竹千代君はおろか米の一粒さえ下されぬのだった。

それでも忠吉は配下には決して弱音を吐かなかった。

――この太刀のまことの手柄は、おぬしの命を守り続けたことではないか。此度もその手柄を携えて戻ってまいれ。

「おふみ」

新六は妻の名を呼んだ。

沓掛から戻れば、二人で鞘を父の塚へ埋めに行くと決めてきた。そして岡崎の地は捨てて侍をやめ、もう二度といくさには出ぬと誓ってきた。

――沓掛ではどうかこの太刀を携えていてくださいませ。父君があなた様のために祈りをこめてお作りになったのですから。

新六はゆっくりと頭を振り、両頬を張った。

結局、新六は父の太刀が見せる幻に耐えられなくなったのだ。清康公が逝き、広忠公も倒れ、竹千代君はまだ十一歳で遠江に捕われている。松平衆は食うことをもままならずに、今川の矢防ぎとして織田に向かわせられている。

それでもあの太刀は見せる。竹千代君が万軍を率いて、たゆたう川のように東海道《とうかいどう》を歩んで行くさまを。竹千代君があまねく諸侯に下知し、金扇の馬標を高く掲げて、馬上で悠然と空を見上げているさまを。

竹千代君はこの荒れた戦国の世に幕を引く。竹千代君が天下を手にした国に、あの太刀はともに入る――

低く法螺貝が響き、新六は立ち上がった。松平の陣のそこかしこから鬨《とき》の声《こえ》が沸いている。

新六があの太刀を五郎太に託したのは、父のそれほどの執着を土に返すのが不憫になったからだろう。生涯駆けることのできなかった父のかわりに、あの太刀には行き着くところまで駆けさせるのも悪くはない。

あの太刀が見せる幻も、幻では終わらぬかもしれぬではないか。忠吉の言った通り、いつか竹千代君は天下を手にするかもしれぬではないか。

だが新六はもう共には駆けられぬ。父の知る清康公のおわした時分の三河とは、今の三河はあまりに違うのだ。

空を見回したが、最後まで消え残っていた星はもうなくなっていた。

新六は朝の気を吸い込んで駆け出した。今日が新六の、ようやく一人きりの初陣だった。

六　馬盗人

一

永禄《えいろく》元年(一五五八)、鳥居四郎《しろう》は十七歳で初陣を迎えた。

父の忠吉は三河岡崎城で総奉行をつとめ、兄が三人いたが、誰からもあまり構われた覚えはない。それよりは十二のときに貰った葦毛《あしげ》の馬が、四郎には弟のようなものだった。

三河岡崎は長らく遠江の今川家の庇護を受けてきたが、此度の寺部《てらべ》城攻めでは城主、松平竹千代改め元康《もとやす》が差配することになっている。元康はずっと今川の人質だったから、四郎も元康に会うのは物心ついて初めてである。

「今朝は日の光も違うて見えるようでございますね、父上」

四郎は葦毛のたてがみを撫でながら横の父に微笑んだ。

大きな朱色の日輪が遠くの峰にかかり、二月というのに辺りの気はどことなく暖かい。四郎たちは岡崎城を出て遠江まで元康を迎えに行くが、葦毛の足も今日は軽いようだ。

「幸先《さいさき》のよいことじゃ。これほどの日輪は岡崎でもそうは見られぬ。神仏も元康様を言祝いでおられる」

早春というのに忠吉は厚い首巻を幾重にも巻いている。母が手ずから染めたもので夏にも離したことがなく、四郎も首巻のない父は見たことがない。生地が傷んでは新しいものに取り替えて、色味も長さもずっと同じである。

「此度のいくさが初陣なのは四郎ばかりではないからの。我らは何があろうと元康様お大切じゃぞ」

父の鹿爪らしい顔に四郎はまた笑みが湧いた。

忠吉は元康がいずれ天下を取る武将だと言ってはばからないが、六歳で別れたきり弓矢の腕も知らねば満足に口をきいたこともない。それがようやく揃っていくさ場に出られることになり、父は指折り数えてこの日を待っていた。ここ十日ばかりは何をしてもそわそわと落ち着かず、まるで嫁に行く娘のようだと母にも笑われていた。

「ほれ、四郎はもっと背筋を伸ばさぬか」

忠吉はこちらを見もせずにぼやいている。

そのこわばった声も引きつれた顔も、孫のような齢《よわい》の四郎にさえいじらしく思える。これまで忠吉が元康の名を口にしない日はただの一日もなかったが、岡崎衆にとって元康がどれほどのものかはよく分かっているから、四郎も初陣での手柄などより元康の矢防ぎになって死ぬ心づもりでいる。

岡崎では元康の祖父と父が立て続けに横死を遂げ、いっときは隣国の尾張、遠江にまで及んだ勢力が波に砂をこそげ取られるように萎んでいった。

松平家では嫡男の元康を今川家へ人質に出すしかなく、そのおよそ十年の留守の歳月を忠吉たち古老が支えてきた。岡崎城は今川の城代が我が物顔で歩き回り、家士たちは今川の先鋒として織田家と戦わされる日々だった。

馬にまたがって心もとなげに首巻に手をやる忠吉は、童のように頬を染めている。隣にいるだけでその不安と期待が伝わってくるから、寺部城では四郎のほうが忠吉を庇《かば》うことになるかもしれない。

「父上、いよいよ元康様のご帰還でございますね。必ずや元康様は父上の思い描く通りの御方でございましょう」

忠吉は唇をかみしめてうなずくと、手のひらで勢いよく己の頰を張った。

冷たい朝の気を引き裂くようにその音は鋭く辺りにこだました。


駆ける四郎たちの後を追うように日輪は稜線《りょうせん》を離れ、空に高く上がっていた。今川義元の駿《すん》府《ぷ》城に着いたときはもう見慣れた日差しに戻り、小さく中天に輝いていた。

四郎たちが馬を下りて大手門の橋の上にうずくまると、門が開かれて騎馬の群れが現れた。先頭の武者が馬を下りたとき、後ろの皆が揃って同じようにした。

その中の一人が四郎のほうへ小さくうなずきかけた。

四郎は嬉しくなってそっと手を上げた。元康の小姓として尾張から駿府へ、ともに人質として送られた兄、鶴之助である。

四郎の鳥居家では長兄が先代広忠の配下としていくさで死に、次兄は皆の菩提《ぼだい》を弔うために出家している。

三兄があの鶴之助だが、六つで別れたときはそれは穏やかで優しい兄だった。口数が少なかったぶん、尋ねたことに応えてくれたときにはその言葉がすっと胸に沁《し》みたものだった。

乱れた息遣いに隣を向くと、忠吉の頬を涙が伝っている。

そのとき先頭の武者がこちらへ駆け出した。

「爺《じい》！　爺であろう？」

弾かれたように忠吉が頭を下げ、四郎もあわてて橋板に額をこすりつけた。

肉づきのよい白い手首が四郎の目の端で忠吉の襟元に伸びていく。

「この首巻、別れたときと同じではないか。爺は何も変わらぬではないか！」

忠吉は顔を上げ、惚けたように元康を見返した。ぽかりと口を開いたが、わななくばかりで言葉は出てこない。

元康は忠吉の前に屈みこんだ。

「父上がみまかられたと聞いたとき、もう何もかも終いだと捨て鉢になったのだ。だがふしぎに爺の、この首巻が瞼に浮かんできた」

元康は力強く忠吉の首巻きを揺すぶった。

先代の広忠が死んだとき元康は織田家に囚《とら》われの身で、弔いにも出られなかった。

もとは今川家へ人質として送られるはずが尾張へ連れ去られたから、広忠はそのときいったん元康を捨てている。父とはそれきりになり、母とは赤児のあいだに生き別れたので、元康は親子の縁に薄い。

あの日から忠吉たち岡崎衆は今川家の盾として尾張の織田家に向かわされてきた。危ういいくさ場に駆り出されるのはまずは岡崎衆で、唯一残っていた岡崎城すら今川家の言いなりに明け渡した。

それでも忠吉たちは歯を食いしばって堪えてきた。

——励め、励め。おぬしたちの働き次第で、元康を岡崎へ戻してやるぞ。

今川はいつもそう岡崎衆をけしかけた。

そして元康を織田からは取り返したが、そのまま三河岡崎は素通りに、あらためて今川の質にした。

「ご成長あそばした元康様にお目にかかることができ、爺はもはや思い残すことはございませぬ」

忠吉はようやくそれだけ言って顔を伏せた。

白いふっくらした頬に鳩のような小さな丸い目がまたたいている。元康は同い年の四郎よりよほどあどけなく、まだ少年のように見える。

元康の目は潤んで輝いていた。

「これまでどれほど大勢の岡崎衆がいくさで命を落としたか。その苦しみを思わぬ日はなかった」

元康は頬をぬぐった。

忠吉がただ肩を震わせていると、元康は四郎を振り向いた。

「励もうな、四郎。我らはともに初陣ゆえな」

四郎は驚いて目をしばたたいた。岡崎を離れて人質の暮らしを送りながら、元康は四郎のことまで知っていてくれた。

四郎が恐れ入って頭を下げたとき、忠吉は両手で顔を覆って激しく洟《はな》をすすり上げていた。

二

あれから二年、三河岡崎の松平家の家士たちは沓掛に陣を立てていた。

沓掛は名古屋にほど近い西三河にある。岡崎城は沓掛より東だが、遠江から行軍を始めた岡崎衆は自城にも寄らずにここまで来た。

今年になって今川義元が上洛《じょうらく》を決めたため、岡崎衆は掛川《かけがわ》、浜松、岡崎と西上して義元の先鋒をつとめていた。岡崎城でたっぷりと休息を取った義元は、明後日からいよいよ織田家の支配する尾張国に入ることになっていた。

——この二年。

四郎は一回りも大きくなった葦毛の背を撫でながら顔を曇らせた。

「我らはいつまで今川の下で働かねばならぬのでございましょうな」

四郎はそばにいた兄につい吐き捨てた。

いったいいつから岡崎衆はこれほど卑屈になったのか。

「清康公の時分には遠江も尾張も呑む勢いだったと申すのはまことでしょうか」

鶴之助は黙って葦毛のたてがみを梳かしている。これは今に岡崎一の馬になるぞと、満足そうに微笑んだ。

「兄上、私はとても信じられぬのでございます」

「ああ。大高城《おおだか》も鳴海城《なるみ》も、かつては岡崎の出城だったと申すからな。儂は竹千代君と岡崎を発つ前、父上からいやというほど聞かされたがの」

四郎は今朝がた、織田方に取り囲まれた大高城の様子を探りに行って来た。

大高城は信長の清洲城《きよす》の手前にあり、さらに北東へ行った鳴海城ともども、義元が尾張へ攻め入る足がかりとするつもりでいた。長らく今川方の鵜殿《うどの》氏が守ってきたが、信長が付城《つけじろ》がわりに砦を築いたために糧道を断たれ、孤立していた。

「大高城に兵糧を入れろとは、此度はまた難題でございます。これでは岡崎衆は、京へ着く前にみな討ち死にでございましょう。父上もあれほど今川を嫌《きろ》うておられましたのに、まるで手のひらを返したように言いなりじゃ」

兄はふむふむと聞くふりで葦毛のたてがみを撫でている。お前の主は何をそう苛立《いらだ》っておるのだろうなと、幼子にするように馬に問いかけた。

「兄上は、父上がお変わりになったとは思われぬのですか」

「父上にしてみれば元康様のご成長ぶりをわずかもお知りあそばさなかったのだ。それがあまりに見事ゆえ嬉しゅうて、少し緩んだ顔をしておられるぐらいは大目に見てやれ」

「あれは緩んだどころではございませぬぞ。元康様がおられるというのに我らは今川の命じるままにあちらへ走り、こちらへ走り」

「よいではないか。岡崎衆が元康様とともに一つのいくさ場へ出ているのは真実だ。この馬を見よ。愚痴もこぼさず、いつの間にかこうも立派に育っておるではないか」

四郎は顔を背けてため息をついた。

「今にこの馬も今川に奪われましょうな。彼奴らは良いと目をつけたものは残らず巻き上げてまいりまするゆえ」

「おう。それゆえ元康様は上手《うま》くやっておられる。おぬしにはそれが分からぬか」

兄が機嫌よく笑っている理由さえ四郎には分からない。今川の足軽以下として命を捨てさせられるいくさ場に、食うにも事欠く貧しい暮らし、それらすべてが四郎を倦ませている。

ここまで主家が落魄してしまえば、ほかに生きる道を探る手もあるというものだ。世は戦国で、己の働き一つで城持ちになることも一族を食わせることもできるのだ。

元康はかつて父の墓参で岡崎城に戻った折でさえ、本丸に入らなかった。だが元康の身が岡崎にあれば気兼ねはいらない。今川の城代など斬ってしまえばよかったのだ。

あのときそのまま今川と手切れになっていれば、岡崎衆はこうして危うい先鋒ばかり続けさせられることはなかった。

「そうはゆかぬであろう。今の我らは、今川には小指の先で捻《ひね》り潰されてしまうのだぞ」

穏やかに言う兄を四郎は睨み返した。

いっそそれでもかまわない。今川の犬として死ぬよりは、一度でも松平家の譜代として真の元康の下知で戦いたい。

だが鶴之助はいなすように笑ってため息をつく。

「お前は父上の子らしくもない、気短な物言いをするものだ。今それをするなら、人質を続けてこられた元康様の辛抱も、数多の譜代の命も無になろう。他日を期すとはそのようなことではないぞ」

ここまで堕《お》ちた松平家に他日などあるものか。主が己の城であのように縮こまっていては、四郎たちは働く甲斐もない。

この松平家もかつては清康の下で全盛を誇り、西の尾張から東の遠江まで勢力を伸ばしていた。にもかかわらず松平になびいていた城主がことごとく寝返り、今や岡崎衆はどこへ行っても見下される一方だ。

励め、励め。我らが武功を立てれば、今川とて元康様を返してくれる――

そう言われ続けて先鋒に立った寺部城からの二年間、倦まずに育ったのは馬だけだ。

この五月十八日、義元は三河の沓掛城に入り、織田の尾張が近いというので軍議が開かれた。今川の軍勢は岡崎衆より二日も遅れて駿河を出、二万五千の兵はただの一人も欠けていない。

――まずは西三河の鳴海城に大高城。どちらも糧道を断たれておると伝令が参った。

軍議で口火を切ったのは岡崎城の城代もつとめる山田新右衛門《やまだしんえもん》だ。

――どうぞ岡崎衆に大高城の兵糧入れを仰せつかりまするよう。

城代が手筈通りの口をきき、軍議は元康が一言も発せぬうちに切り上げられた。そしてその夜のうちに四郎は大高城の物見に遣わされた。

なぜ四郎たちが今川の城代ごときに指図されねばならぬのか。城代は義元に媚《こ》びる一心で岡崎衆を己の牛馬のように扱い、それに元康も異を唱えない。岡崎衆はそこまで矜持《きょうじ》を失い、今川の顔色を窺って生を貪るのか。

運強く戦国に生まれた四郎がこの身を懸けたいのはただ一つ、かつては沓掛城など西の出城とした、三河の中央に建つ岡崎城だ。

物見に出された大高城も、もとは松平の持ち物も同然だった。もしも元康さえ岡崎城にあれば、織田方に砦を築かせたりしなかった。

それでも四郎たちは一日近くをかけて西三河を回り、一つの城と二つの砦を調べてきた。葦毛も久々に心地よさそうに蹄を上げ、四郎はこのままどこまでも駆けて行きたいと思った。

鵜殿氏の大高城は沓掛から西へ三里ほど尾張に近づいた高台に建っていた。本丸のほかに豪壮な二の丸を構え、周囲には太い堀が二重に巡らされている。力で攻めてもすぐには本丸へ届かず、兵糧さえあれば籠城にはうってつけである。だから信長も力攻めは諦めて、付城がわりに砦を築いたのだ。

そこから脇街道へ入ると織田方の二つの砦があり、どちらも太い土塁で守られている。北を鷲《わし》津砦《づとりで》、南を丸根砦《まるねとりで》と呼ぶが、大高城に兵糧を入れるにはまず南側の丸根砦を押さえねばならず、どちらの砦もかなりの造りだから、落とすには刻がかかりそうだった。

だが共に物見に出た杉浦勝吉《すぎうらかつよし》が、砦にはそれほどの手勢はないと言いきった。

鷲津砦は尾張に近く、丸根砦は川をはさんで大高城のすぐ向かいにある。大高城へ救援に向かおうとすれば双方の丘から兵が駆け下りる地勢だが、今川が西上する今、もしも砦に十分な兵があるならば駆け下りたそのまま、城のそばに居座るはずだというのである。

「なるほど。ならば丸根砦を小突くか」

忠吉があっさり言って、元康もうなずいた。

そしてわずかの数で小荷駄を組ませると、残りの軍勢を二手に分けた。一方で小荷駄を隠す人垣を作り、残る一方で砦を攻めて敵を引きつけておくという。

「ただし丸根砦は潰すつもりで攻めよ。砦からは一兵たりとも小荷駄へ近づけるな」

「いえ父上、丸根砦を落とすには我ら総出でかからねばなりませぬ。半分も小荷駄の守りに持っていかれては、落ちるとも思えませぬ。まずは皆で砦に臨み、兵糧を運ぶのはそれからでございます」

「小賢しい。おぬしは元康様の下知に従えぬのか。わが殿の采配に狂いはない」

「そのような。父上、あの土塁は小勢では越えられませぬ」

「父だと？　儂は総奉行じゃ、愚か者！」

それでも四郎は忠吉の馬の首にすがり、鶴之助を振り返った。

「兄上。兄上は黙って丸根砦へ行かれるのですか。あの砦は小荷駄を庇いながらでは攻めきれませぬ。大高城に向かって幾段もの曲輪《くるわ》がございます」

命が惜しいのではない。ただ今川の上洛のために兵糧を運ばされ、元康と関わりのないいくさで死ぬなど真っ平だった。

だが鶴之助はすでに四郎の葦毛を連れ、その手綱をむりやり四郎の手に握らせた。

「四郎、儂も元康様の下知に従えばよいと思う」

「下知などございませんでしたぞ」

だが鶴之助は馬に跨がると高々と蹄を蹴らせた。

「おぬしこそ、まずは元康様を信じるがよい。兵糧入れを命じたのは今川でも、それを成すとお決めあそばしたのは元康様だ」

四郎は茫然と手を止め、兄の目の先を振り向いた。

元康が餅のように膨らんだ顔を錏《しころ》に押し込み、頰の汗をぬぐいながら空を見上げていた。黄金の羊歯《しだ》の前立物《まえだてもの》が光を弾き、顔つきも分からぬほど眩しく輝いている。

そのようなとき四郎はいつも思うのだ。

元康はどうにも勝ちに見放された将ではない。此度もまた元康は勝つに決まっている――

その日の夕刻は大高城の堀内から衣浦《きぬうら》湾に沈む大きな日輪を眺めていた。

四郎たちは丸根砦を叩いたが、中から撃って出る兵はほとんどおらず、小荷駄は矢の一本も浴びずに大高城に運び込まれた。

忠吉はいくさなどなかったかのように馬に乗り、大高城の堀を悠然と見下ろしている。

元康が傍らにいないときは相変わらずの仏頂面だ。

「おぬし、今日のいくさでは丸根砦にいかほどおると見た？　元康様はせいぜい四百と仰せであったがの」

四郎が応えられずにうなだれると、ふんと笑って背を向けた。

夜はこのまま体を休め、明日は日の出とともにあらためて丸根砦を攻めるという。

四郎は深い堀を見下ろしながら左の手のひらの血を吸った。大したいくさにはならなかったが無疵《むきず》というわけではなく、四郎も敵の槍をつい素手でつかんで、二寸ほどの疵を受けていた。

岡崎衆は合わせても千ほどで、丸根砦を突いたのはその半分だった。砦にそれに近い織田の軍勢があれば、いくさはまだ続いていたかもしれない。

あの一刻ばかりの競り合いの最中、元康は小荷駄を率いながらいつ砦に籠もる兵を数えたのだろう。元康のいた脇街道から丸根砦は見えなかったはずである。

——織田方の付城であろう？　一千もあれば元康様には十分ではないか。

四郎の手に膏薬《こうやく》を塗りながら、鶴之助は事もなげに言った。

元康が物見を出したのは己の読みに合うかを確かめるためで、砦の守りが薄いことは最初から分かっていたという。

砦自体は堅固でも、織田は糧道を断つので精一杯だ。東海一の大大名が己の領国を横切るというときに、織田が西三河の砦に兵を割いておけるはずがない。義元が西上する前に大高城を攻め落とさなかったのは、織田家にそれだけの余力がなかったからだ——

四郎は手のひらを握りこんだ。

——おぬしは城攻めでもするつもりで丸根砦を見て来たのではないか。攻めもせぬ土塁の幅など、知っても仕方がなかろう。

元康が確かめたかったのは、砦から大高城までの道のりと、兵糧を運ぶまでに障りとなる砦の兵力だ。

そして砦の兵の数を見切って来たのは蟹江《かにえ》七本鎗の杉浦勝吉だ。

蟹江城攻めは今川での元康の立場をよくするために岡崎衆が決死で挑んだいくさ場である。そのとき際立った戦いをした七人衆の一人が勝吉だが、当の元康は自らの差配できなかったいくさのすべてで岡崎衆の働きぶりを頭に入れている。

——励もうな、四郎。我らはともに初陣ゆえな。

ほとんど初めて会ったにも等しい四郎にさえ元康はそう言った。

四郎はゆっくりと手のひらを開き、空を見上げた。

——おぬしこそ、まずは元康様を信じるがよい。

兄の言葉が耳によみがえる。

四郎たちの父は雲のあわいに万軍の幻を見るという。川の流れるように街道を進むのは天下を治める武将の軍列で、そこには無数の松平家の旗印が立っている。大将は目を閉じて馬に乗り、遠い日々を思うように、ときおり空を見上げている。

その大将が元康だと、忠吉は信じて疑わない。三河岡崎は今はこれほど落ちぶれているが、いつか必ず戦国を終わらせ天下を取る。

「兄上！」

鶴之助は四郎の葦毛を連れて振り返った。四郎が弟のように目をかけている馬には兄もそのまま同じようにしてくれる。

「どうしたのだ、四郎」

「兄上、もしや兄上にも、父上の申される万軍の列が見えるのですか」

鶴之助は寸の間ぼんやりと四郎を見返したが、優しく笑いかけた。

「すまぬがな、儂にはそのようなものは見えぬのだ」

「ですが兄上。ならば父上はなにゆえ、あれほど元康様を信じておられるのですか。兄上はお疑いにならぬのですか」

鶴之助は困ったように葦毛の背に手を置いた。

「父上は昔、誰ぞに託宣されたと言うではないか。ことごとく当たっていたと聞いたことがある」

「それで、どのような託宣だったのでございます」

「元康様について走っても、負けいくさばかりだとな」

兄は声を上げて笑ったが、四郎はいっきに胸の熱が冷めていた。雲のあわいの幻といい託宣といい、耄碌した年寄りが繰り返しそうなことである。

それでも四郎はこらえて葦毛の手綱を取った。

「それは違うております、兄上。そもそも負けいくさではございませぬ。寺部城から此度の丸根砦まで、岡崎衆は勝ち続けでございますぞ」

「なに、今川の先鋒として働かされておるのだ。岡崎衆が勝ったなどとは申せぬだろう」

四郎はむっとして左手を握りこんだ。ここに槍の疵があるのは、丸根砦で岡崎衆が勝ちを収めたなによりの証《あかし》ではないか。

四郎は葦毛に跨がると、兄に背を向けた。もうあとを聞く気は失《う》せていた。

「四郎、よけいなことはいくさが終わってから考えよ。明日からは織田の尾張だぞ」

兄が声を張り上げたが、四郎はそのまま葦毛の腹を蹴った。

三

前の晩は満天の星が出ていた。四郎たちは夜明けとともに丸根砦を攻めたが、砦の軍勢はやはり四百ほどで、午の少し前に砦は落ちた。

「今川殿の本陣はどこまで参っておる」

砦から戻ると、忠吉が沓掛へ遣わせた使者を捜していた。

この大高城は忠吉たちが調えたところで義元が移って来るから、入れ替わりに四郎たちは城を出なければならない。

「沓掛城をご出立あそばし、ただいまは桶狭間《おけはざま》に到着なされた由にございます。そこで行厨《こうちゆう》を取り、大高城へおいであそばすのはおよそ夕刻のことかと存じます」

四郎はつい舌打ちが出た。岡崎衆には一兵も貸さずにゆるゆると軍を進め、朝からいくさをした岡崎衆より先に中食である。

西の空に急に湧き立った黒雲は四郎の胸のわだかまりのようだった。

元康は黙然と空を睨んで使者の言葉を聞いている。

「我ら、明後日は信長の清洲城攻めやもしれませぬな。さすがに清洲では義元公も軍勢をお貸しくださいましょう」

元康は忠吉に軽くうなずき、縁側に立って指を風にかざした。

そのとき遠雷が鳴って大高城の馬たちがいっせいにいないた。庭先にぽつりと雨粒が落ちたとたん篠突く雨が降り出して、四郎は葦毛の轡を確かめに小屋へ走った。

辺りは雨粒で低い土煙が上がっている。すでに雨の音しか聞こえず、ついそこの前栽《せんざい》もよく見えなくなった。

「今川はこのような中で中食かの」

鶴之助が四郎の肩をかばうようにして二人で軒下に入った。

「さぞや汚れた形で参るだろうな」

「我らは足濯《すす》ぎの雨水でも溜めておきますか」

「おぬし、思いがけぬ親切心を持つものじゃ。いくさにも出ぬ者たちじゃ、中食など、泥にまみれて食わせればよい」

強い西風が吹きつけて軒を突き破るような雨が降っている。

だが雲は見る間に東へ流れて行く。

雨粒が徐々に小さくなり、西の空が雷でも弾けたように明るく輝いた。

「あの御方には神がついているとな」

鶴之助がつぶやいた。だがあの御方とは誰のことだ。

次第に弱まる雨音が、どこかで響く陣太鼓《じんだいこ》のようだった。

きっと今時分、雨雲は義元の上にも届き、桶狭間で行厨を開いた今川軍は往生しているだろう。

大高城で雨をしのぐことのできた岡崎衆は、今日だけは今川より恵まれている。

「具足でも着けておくか」

「我らはつい今しがた砦から戻ったばかりでございますぞ。雨は止んでも地面はこのぬかるみで、当分は馬も駆けられませぬ」

ちょうどそのとき雨粒の最後の一滴が上がったようだった。

「まあよい。そこまであわてることもなかろうな。先に馬を見て来るか」

雨雲の流れる先を窺って、二人は軒下を出た。

急いで屋根の下に入れた馬たちだったが、その毛並みは遠目にも雨粒に光っている。

なかでも美しいのが四郎の葦毛だ。あれが今川に奪われてしまう日は来るのだろうか。

そう思って目を凝らしていると、四郎の葦毛が勝手に小屋を出て行く。雨の降り始めにあわてて確かめた手綱は甘かったのかもしれない。

その刹那、あっと叫んで四郎は駆けた。葦毛の陰に男がいる。

四郎は葦毛の背後に回りこんだ。

「何をしている」

葦毛の手綱を引いていた男が弾かれたように振り返った。たった今、いくさ場から戻って来たような五十恰好の侍である。

葦毛を盾にするように立ち尽くし、うろたえて辺りを探っている。男の貧しい具足からは雫が落ち、目の先には見慣れぬ馬がいる。

「さては馬を切り替えに来たか」

四郎は男に近づいた。男の馬はよほど泥を撥ねてきたのか息も荒く、首を下げてしまっている。男の目は四郎たちを掻き分けて、後ろに忠吉を見つけた。そのとき男の唇に薄い笑いが浮かんだように見えた。

「信元《のぶもと》殿は息災か」

そう問いかけたのは忠吉のほうだった。忠吉の声はわずかにこわばっていた。

男は懇願するように忠吉に手を合わせた。

「昔の誼じゃ。馬を替えてくれぬか」

「わが松平が、水野《みずの》家にどのような誼がある」

そのとき鶴之助が、合点がいったというようにそっと四郎に目配せをした。

水野信元とは、先代広忠が勢力を失っていった時分、自身が跡を継ぐやいなや織田方に寝返った尾張刈谷の城主である。元康の母、於大の兄にあたるが、陰りはじめた松平家を見限るのに一抹のためらいもなかった。

「あの折のことは戦国のならい。そのほうごときを恨みはせぬが、我ら松平には馬をくれてやるゆとりはない。見逃してやるゆえ、さっさと立ち去るがよい」

忠吉が踵を返すと、男はすがるようにその前に回り込んだ。

「待ってくれ、忠吉殿。ならば儂を竹千代君に会わせてくれぬか。まだ誰にも申しておらぬ、それを竹千代君にはお聞かせする」

「もはや竹千代君ではないわ。我らが主君はとうに御元服あそばしておる。いつまでも赤児と思うて岡崎を虚仮にするのも、もう終いじゃの」

「いや、そうではない」

男は忠吉の前に手をつき、ぬかるみに頭を垂れた。

それでも忠吉が行こうとすると、両手でその袴の裾をつかんだ。

「もう儂には松平家に覚えておる顔はない。だというに忠吉殿に巡り会うとは、これは於大の方様のお導きじゃ」

「於大の方様だと？」

忠吉は振り上げた拳を止めた。

「御台様など、真っ先に刈谷から出してしもうたではないか。御名を口にするさえ無礼であろう」

「いや、なにゆえ儂がここへ紛れ込んだか、今の今、よう分かったのじゃ」

「勝手にほざいておるがよい」

「違うのじゃ。これは於大の方様のお導きじゃ。儂はもはや、話さずにここを立ち去ることはできぬ」

忠吉は煩わしげに男の手をほどいた。

「ならば殿じきじきに足蹴にされるがよいわ。御台様の御名を出すとは、小狡《こずる》い奴《やつ》じゃ」

忠吉が顔を背けると、男は転がるように後ろをついて行った。


男の名は浅井道忠《あさいみちただ》といい、たしかに元康の伯父、水野信元の家士だった。水野家は織田方だが、道忠は行軍中にはぐれてここへ馬を盗みに入ったのだという。

「この城に元康様がおいでとは存じませず、忠吉殿を見たときは我が目を疑いました。これはまさしく於大の方様のお引き合わせ、いや、神仏の御加護にございます」

忠吉は呆れて太い息を吐いた。

だが続くその話を聞いたとき、さすがに元康も床几《しょうぎ》から腰を浮かせた。

つい今しがた義元が首級を上げられ、今川軍は散り散りになって敗走しているという。今川が軍列を細くして中食を取っていたところへ突如雨が降り出し、信長がまっしぐらに義元の塗り輿へ斬り込んだと道忠は言った。

「作り話も大概にせよ。御台様の御名を出し、おぬしはどこまで我らを愚弄するつもりじゃ」

忠吉が扇を投げつけた。

だが道忠はがばりと突っ伏して大声を上げた。

「偽りではござりませぬ。さればこそ、この城へ馬を盗《と》りに入ったのでござる。氏真《うじざね》がすぐにも軍勢を立て直すやもしれず、我らは尾張まで急ぎ戻らねばなりませぬ」

氏真とは今川義元の嫡男である。

「今川は三万近く、織田はわずか五千ではないか」

忠吉が拳を膝に叩きつけたが、男はもう覚悟がついたように静まっていた。その泥まみれの姿も、桶狭間からここまで必死で走って来たとすればうなずけた。

道忠は板間に額をこすりつけるようにした。

「どうぞ馬を一頭、お譲りくださいませ。それがしの馬では本軍に追いつけませぬ。今川方の諸将は未だ、桶狭間の一件は知りますまい」

「真っ先に知らせた、それと引き替えじゃと申すか」

忠吉が声を震わせたとき、四郎は突然前が開けたような気がした。ついに馬を引き替えにするときが来た。

四郎は元康に向かって手をついた。

「馬ならば、それがしの葦毛をお使いくださいませ」

鶴之助が驚いてこちらを見返した。

元康は四郎にうなずいて静かに口を開いた。

「浅井道忠とやら。四郎の葦毛はわが岡崎一の馬ぞ。それをくれてやるゆえ案内いたせ。我らは今すぐこの城を空ける」

忠吉も鶴之助も、その場にいた誰もが元康を振り向いた。

岡崎衆はずっと今川の先棒担ぎを続け、今やその今川すら失った。ここを出てどこへ行くというのか。

「殿よ、どちらへ向かわれまする」

忠吉は眉根を寄せ、藍染めの首巻に手をやった。

きっと街道には今川と織田が入り乱れているだろう。もしも織田方の軍勢と行き合えば、今川の先鋒だった岡崎衆はそのままいくさである。

だが四郎は前へにじり出た。それを防ぐために織田方の道忠を連れて行くのだ。

「我らの城に決まっておりますぞ、父上。元康様がお入りになるのは岡崎城をおいて、ございませぬ」

元康が勢いよく立ち上がった。

「爺、岡崎の城へは戻れるのであろうな」

忠吉は茫然と元康を見上げた。

元康の父広忠は、清康を殺されたあと岡崎の城を大叔父に乗っ取られ、帰るあてもなく幾年も諸国をさまよい歩いた。

父上のときのようなことはあるまいな——

「殿……」

忠吉は板間に両手をついて突っ伏した。

「申すまでもござらぬ。なんのために儂がずっと今川の城代などに仕えてまいったか」

忠吉の嗚咽《おえつ》を掻き消して、板間の皆がいっせいに立ち上がった。かつて聞いたこともない力強い鬨の声が、元康の周りに響きわたった。


葦毛の手綱を外しながら四郎は背を撫でた。

これが最後だと思うと、毛並みの一筋までが愛おしかった。

「おぬし、なにゆえこの馬を手放す決心がついた」

兄も横で手を貸した。四郎には別の馬が下げ渡され、これからはそれに乗っていくさ場を巡る。

葦毛と走った初陣からのいくさが瞼に浮かび、四郎は黙って空を見上げた。

濃い雨雲は今はどこまで流れたか、天は一群の雲を残して隅々まで青く透き通っている。

「やはり負けいくさでございますな、兄上」

四郎がそう言うと、葦毛が寂しそうな目でこちらを見返した。

かつて忠吉は占いの婆に、元康について走っても負けばかりだと言われた。それが桶狭間では先鋒をつとめる大将の首まで取られたのだから、これは尋常の負けどころではない。

「我らにはもはや今川もあるまい。葦毛をくれてやることはなかったのだ」

寺部城のいくさのとき、まだ若かった葦毛は大勢の人声に怯え、首を振って暴れたものだ。

それが四郎がいくさに慣れるのとともに逞《たくま》しく育ち、これほど心の通じる馬には四郎ももう会えないと思う。

「父上はきっと他の生き方などできなかったのでございましょうな」

他の道などいくらもあると言われても、忠吉がどうしても元康を待ちたかったのだ。はじまりは雲のあわいの幻だったとしても、忠吉がこの道を来たのは己でそれを選んだからだ。

「勝ってばかりではないかと思うておりました。葦毛と引き替えに天地が変わる日など来るまいと、私はいつからか信じられぬようになっておりました」

まだ松平の旗印さえ知らない時分、四郎には大きな緋《ひ》の日輪だけが見えていた。旗印の意味は分からなくても、己が馬を引き替えにすることだけはなぜか知っていた。

手のひらにでも握って生まれて来たと思うしかなかった。四郎はいつか大層な馬を手に入れ、負けいくさの果てにそれを失う。だがそれと引き替えに、三河岡崎の不運は転じて行く――

四郎は腕を伸ばし、一群の雲を指さした。

「この先も負けいくさは続くのかもしれませぬ。ですが此度のような負けならば、まこと天下人《てんかびと》にふさわしい」

鶴之助が驚いて四郎の指先を振り仰いだ。

「まさか、おぬしも父上と同じか。雲のあわいに元康様の万軍の列が見えるのか」

「見えぬ者がいることのほうが、私には信じられませぬ。あれほどたくさんの松平の旗指物が風に翻っておりますのに」

四郎は手を下ろすと兄に微笑みかけた。

元康の日輪の旗が雲のあわいを上っていくさまが、四郎にははっきりと見えていた。

七　七分勝ち

一

元亀《げんき》元年（一五七〇）夏、鳥居忠吉は馬上で背を伸ばし、三方ヶ原《みかたがはら》の丘に建つ浜松城を見上げていた。

「どうだ、爺。爺には真っ先に見せとうてな、儂もまだ中には入っておらぬのだぞ」

そばに馬を並べて、徳川家康《とくがわいえやす》が天守曲輪に腕を差し上げた。

幼名を竹千代といった家康は、明ければちょうど三十になる。先年、三河を平定して姓も松平から改め、遠州《えんしゆう》一帯を見渡せるこの台地に新しい城を建造した。

「まことに見事なものじゃ。あれが我ら岡崎衆の城でございますか。なんと、二の丸に三の丸まであるのですな」

忠吉はひい、ふう、み、と指で数えて目を細めた。

外周りが半里もある三河一の城は、高い天守の上にまで瓦が葺《ふ》かれている。

「桶狭間から十年でここまでの城をお造りになるとは、わが竹千代君はなんともご立派になられたわ」

皺に埋もれた忠吉の頬に一筋の涙が落ち、四郎は鱒郎右衛門《ますろうえもん》と顔を見合わせて微笑んだ。

四郎は忠吉の末の子で、鰐郎右衛門はみなしごだったところを忠吉に拾われて兄弟のように育ってきた。どちらも今では家康ほどの年だ。

「爺は涙脆《もろ》うなったの。まあ、年来の夢が叶うたとあれば無理もないか」

「お戯れを申されますな。まだまだ、爺の夢は、殿が日の本一の城にお入りになることじゃ。この程度の城で岡崎衆の長年の苦衷が晴らされたと思うていただいては困りますぞ」

精一杯の憎まれ口をききながら、忠吉は袖で涙をぬぐった。

家康は今では三河と遠江を治めるが、ほんの十年前までは東の隣国、駿河へ人質に出されていた。忠吉たち譜代の家臣はただ一つ残った岡崎城まで今川家の城代に明け渡し、犬のように追い使われながら、家康の生い立つ日だけを恃みに忍従の暮らしを続けてきたのである。

そうして桶狭間の戦いを機に家康は岡崎城に駆け戻り、尾張の織田信長と和睦して今川家と袂を分かった。

立て続けに起こった一向一揆《いっき》を平定すると、甲斐の武田信玄《たけだしんげん》と結んで今川家を追いつめ、昨年はついに掛川城を取り戻した。家康の祖父の代には岡崎衆が支配していた城だったから、譜代の家臣の喜びは一入《ひとしお》だった。

四郎は鰐郎右衛門と並んで、忠吉の後ろから浜松城の大手橋を渡った。

家康は小躍りしている忠吉の足元をいたわりながら、ゆっくりと式台を上って行く。四郎は遅いときの子で、忠吉はもう八十も近い老齢なのだ。

「殿がお生まれあそばしたときは、岡崎城はまさに掻き揚げ城でござってな。三河は石には事欠かぬ国というに、石垣さえ拵えることができなんだものじゃ」

忠吉の饒舌《じょうぜつ》は止まらない。門も櫓も茅葺きで、濠《ほり》を掘った土で土塁を巡らせて石垣の代わりにしたと、浜松城の入り組んだ城壁を指しては泣き笑いの顔になっている。

家康はそんな忠吉を幼子でも見るように振り返り、幾度も廊下で足を止めて、追いついて来るのを待っている。

四郎は忠吉から目を逸らし、幼い日を思い出して濡れ縁から空を見上げた。

——ねえ、母上。雲間を長い長い軍勢が歩いて行きますよ。みんな、どこへ向かっているのですか。

まだ三つ四つだった四郎はまっすぐに入道雲のあわいを指さして、母の着物の裾につかまっていた。

——まあ、四郎。馬や御大将が空に見えるのですね。お前の知っている旗指物はないかしら。

母はしゃがんで四郎の背丈に合わせると、その指す先を同じように眺めてくれた。

——大きな大きな黄金色の扇のそばで、ずんぐりしたお侍が馬に乗って目をつぶっています。その周りは岡崎の旗でいっぱいです。

あのとき母はそれは嬉しそうに微笑んで、大きくなったら父上に聞いてごらんなさいと頭を撫でてくれた。

その父は兄の鶴之助に背を押されながら、ゆっくりと天守への階《きざはし》を上って行く。暗がりの中に淡い光が降りそそぎ、家康はやはり気遣うように忠吉を振り返っている。

忠吉は階上に出ると小走りで廻《まわ》り縁《えん》に近づいた。鶴之助の腕を払い、家康よりも先に勾欄《こうらん》をつかんで身を乗り出した。

「これはまた壮大な眺めでございますなあ」

「そうであろう。爺がさぞ喜ぶだろうと思うてな」

家康の声も弾んでいた。

これまで本城としてきた岡崎城は、修築して嫡男の信康《のぶやす》に譲られた。今川の城代に支配されていた日々を知る譜代の家臣にとっては何もかもが夢のようだ。

「あの先が信濃《しなの》でございますな」

忠吉は北の空を指した。

高い峰が連なり、厚い雲が垂れこめている。天守から見渡せる三河の北には信濃があり、その東の甲斐とともに信玄が領している。

信玄は五十になる名将で、いずれ天下に号令すると目されていた。京の将軍、足利義昭《あしかがよしあき》と誼を通じ、ちかぢかその要請で上洛すると伝わっている。

「今年あたり、信玄は本腰を入れて京へ向かうのではありますまいか」

「左様だな。約定も、もはやどうなるか」

家康が北を睨んでうなずいた。

今川家が滅んだ後、信玄はその領国だった駿河に触手を伸ばし、一昨年、遠江割譲を条件に家康と同盟を結んでいた。

もともと遠江は家康の祖父の代には松平家がほぼ支配下に置いていた土地だから、いつかは取り返したいという忠吉たちの宿願も、叶う寸前まできている。だがこのところ信濃と境を接する北三河では信玄の圧迫が強く、小競り合いも頻発していた。

どうも信玄は徳川家との約定を反故《ほご》にする肚のようだった。信玄が上洛するとなると、まっすぐ京へ西上するか、それとも南へ下って三河を踏み潰していくか、その行軍の道筋は徳川家にとって目が離せなかった。

だが家康は近在の諸侯から、三河の律儀と半ば揶揄《やゆ》されながら知れ渡っており、こちらから約定を破るつもりはない。かつて今川家と手切れになったのも義元が死んだ後で、正式に使者を立て、この先は織田方につくと伝えてからだった。

「やはり天下を取られるのは織田家の信長殿でございましょうか。美濃は京にも近く、雪もありませぬ。してみれば雪深い国に生まれた信玄は、どうも運がなかったようでございます」

鶴之助が言った。

四郎の兄、鶴之助は家康の小姓として人質の日々をともに過ごし、今では家中の誰よりも家康の信が篤《あつ》かった。

「信玄の軍勢は三万にも迫ると申しますが、大半は百姓だそうですな。それでは信玄がいかに鍛えたとて、行軍には限りがございましょう。なにより、春になれば生国に戻らねばなりませぬ」

信玄の行軍はつねに冬と決まっていた。赤備えと呼ばれるその統制のとれた軍勢が甲斐を出立するのは、秋に稲の刈り入れが終わってからである。

そして信玄が出立すると甲斐には雪が降りはじめ、国境には高い雪の壁が立つ。それが信玄のおらぬあいだ、他国からの侵攻を防ぐのだ。

「雪が守りなどと、信玄ほどの武将に無礼なことを申すものじゃ」

「まことにございます。甲斐一国で終わる武将ならばいざ知らず、信玄には甲斐を守るのに雪など無用でございましょう」

　兄が真っ先に応えた。

「それよりは天下を目指しながら年の半分も領国へ帰れぬとは、どれほど厄介でしょうな」

「帰れば帰ったで、田にかかりきりとは、やはり侍と百姓は分けねばならぬであろうな」

　忠吉もしみじみとうなずいた。

　甲斐は雪が深いので攻めにくく、信玄は領国を守りやすいと言われてきた。だが秋に甲斐を出れば、次は雪が解けるまで領国へ戻ることもできない。しかも田植えが始まる時節になれば、外でどんないくさをしていようと諦めて帰らねばならない。

　誰もが皆、信玄は春になれば甲斐へ帰ることを知っている。これでは信玄はせっかくの手足を生国に縛りつけられているにも等しい。

「我らと違うて、甲斐には海もない。四方から攻め入られる国は面倒であろうな。信玄は甲斐に生まれたことが生涯唯一の負けであったかもしれぬ」

　忠吉は黙って聞いていたが、すぐ得意げに笑みを浮かべた。

「それにひきかえわが殿は、東に天竜川《てんりゅうがわ》、西に浜名湖《はまなこ》、南には遠州灘《なだ》じゃ」

　鶴之助も笑ってため息をついた。

「そのうえ大そうな律儀者じゃ。その殿に東を守られている織田家は、やはり運強うございますな」

　家康の律儀は、これはもう持って生まれた性分のようなものだ。ここ数年、信玄には幾度も北三河を荒らされたが、こちらからは北上を考えたことがない。

家康は感心しきりという顔で北の空を眺めている。

「雪に守られておるのは我らじゃな。どれほど信玄が攻めたてようと、春までの辛抱じゃと皆知っておる。冬のみの行軍で、ようもあれほど強うなったものじゃ」

雪を睨んで幾通りにも備え、諸侯の半分しか動けぬぶん、いったん行軍を始めれば破竹の勢いで進む。

「どのみち武田とは手切れとなりましょう」

忠吉が北を睨んだまま囁くと、家康もうなずいた。

やがて忠吉は廻り縁を離れ、中へ戻って来た。

「殿はようも、かくも上るに骨の折れる城をお建てあそばしたことじゃ。生きているあいだにこのような目をみさされるとは、思うてもみなんだわ」

忠吉の弾んだ声に、四郎は鱒郎右衛門とまた顔を見合わせて微笑んだ。

家康が嬉しそうに忠吉の肩に手を置く姿がいつまでも目に焼きついて離れなかった。

二

元亀三年（一五七二）師走、暖かい遠江に雪が降り、浜松城の天守が白く染まっていた。

秋ぐちに信玄が軍勢を三手に分けて西上を始め、四郎は鱒郎右衛門と偵察へ出ていた。天竜川に沿って二俣《ふたまた》城、犬居《いぬい》城と北上し、信濃との国境の青崩《あおくずれ》峠まで行って、今しがた浜松へ帰り着いたところである。

浜松城はそばを東海道が通り、東の天竜川と西の浜名湖を外堀とも考え、南はすぐ遠州灘である。守るには北を案じていればいいが、その北から、信玄が天竜川を下って来ていた。

信玄は将軍足利義昭の文を得て、雪の降る前に甲斐を出た。徳川とは長らく密約があり、その遠江支配に力を貸すと言っていたが、上洛を決めた途端、信州《しんしゅう》街道をまっすぐ下って北遠江を攻めにかかった。

むろん家康とは手切れである。

「さすがに冷えてまいりましたな」

徒《かち》でついて来た鱒郎右衛門が白い息を吐いて、馬にまたがる四郎を見上げた。

鱒郎右衛門は幼い時分に矢作川で忠吉と出会って家士に取り立てられた。早駆けなら家中一という俊敏さで、皆からはお鱒と呼ばれている。

そう呼び始めたのは忠吉だったが、ちょうど川魚が右へ左へ巧みに向きを変えるように縦横無尽にいくさ場を駆けるので相応《ふさわ》しい。齢は三十四で、四郎の兄、鶴之助と同い年だ。

「忠吉様のその首巻はやはり温こうございますか」

「ああ。夏はたいそう蒸すだけあって、冬場は邪魔にならぬようだな」

羨ましそうに目尻を下げて、鱒郎右衛門は衣の襟を立てるようにした。

三河の者は総じて寒さに弱く、雪など数えるほどしか見たことがない。

「信玄の赤備えは、雪の中では目を射るようであったな」

「はい。それがしは恐ろしいような美しさだと思いました」

信玄の軍勢には兜から甲冑、手甲脚絆《てっこうきゃはん》に至るまで、赤で染め抜いた一軍がある。その一糸乱れぬ進軍のさまは強い赤光《しやっこう》を内から放っているようで、焔《ほのお》とともに進む不動明王の現《うつ》し身を思わせた。

「あれが常は百姓をしておるとはとても信じられぬ。どんな雪壁も切り開いて進む、信玄の祈りに他ならぬであろうな」

「なるほど。祈りでございますか」

頭上にはのしかかるような灰色の雲が広がっている。見上げるとみぞれの一筋が目に入って、四郎は首巻で顔をこすった。

雪に慣れた信玄の軍勢にとって、遠江の雪など、雨ほどの厄介もないだろう。躍起になって迎え撃たなくても、春、田植えになれば信玄は国許へ帰って行くのだ。だからあとふた月か三月、ゆるゆると西上させておくわけにはいかないのだろうか。

信玄は京からの懇請で出陣したが、今、近江《おうみ》では織田信長が浅井、朝倉《あさくら》と戦っている。信玄は信長と誼を通じながら浅井長政《ながまさ》らに激励の文を送ったというから、京への道すがら信長を組み伏せるつもりなのだろう。この冬は上洛に専念するつもりで、領国の北を接する越後《えちご》では、大坂《おおさか》の本願寺に働きかけて一向一揆を起こさせた。上杉謙信《うえすぎけんしん》を釘付《くぎづ》けにする策を弄したのだ。

田の刈り入れを終えて甲斐を出た信玄は、軍勢を三手に分け、まずは五千の兵で奥三河を突いた。それとは別に三千を美濃へ送り、さらに本軍を率いて天竜川を南へ下ってきた。

信玄はなんの躊躇いもなく家康の遠江へ矛を向け、国境の青崩峠を通ると、高根《たかね》城、犬居城と、天竜川沿いの徳川方の城を次々に攻め落とした。

青崩峠から南は家康が十年がかりで勢力を取り戻した土地だった。だが城主たちはことごとく武田に寝返り、ついに天竜川沿いで残るは二俣城のみになった。しかもその城も、道という道を遮られ、今や完全に孤立して落城間近である。

信玄は浜松城から東に一里ばかりの木原《きはら》、西島《にしじま》に陣を張り、もはや浜松城とのあいだを隔てるのは天竜川のみというありさまだ。

「わが殿はいかが迎え撃たれるおつもりでしょうか」

鱒郎右衛門が案じるように四郎と雪雲をかわるがわる見上げている。

二俣城では二万余りだった信玄の軍勢は、四郎たちが物見に出てみると三万ほどに膨らんでいた。雪に閉ざされた甲斐から新たな軍勢が着いたはずはないから、遠江の近在の国人たちが加わっているのだ。

家康には織田の援軍三千があるが、それを合わせても一万余にしかならない。浜松を守るにはどうやら籠城しかなさそうだった。

「お鱒は広忠公のお人柄を聞いているか」

早くに亡くなった家康の父だ。

「広忠公の三河安祥城攻め、此度とまるで同じとは思わぬか」

三河安祥は家康の祖父、清康が本拠の一つにしていた城で、広忠はそれを取り戻そうと無理ないくさを仕掛けて大敗を喫した。

あと数年、力を蓄えてからだという重臣たちの助言に耳を貸さず強大な織田に討ちかかり、あげくに継嗣の竹千代を人質に出す羽目に陥った。

「広忠公といい家康公といい、気合でいくさを挑まれては負けるお血筋よ」

鱒郎右衛門とは気心が知れているので、つい四郎の口も軽くなる。

「わが殿のご性分じゃ。相手が信玄だろうと、これ以上黙って三河、遠江の地は踏ませぬと短気を起こされるであろうな」

鱒郎右衛門は眉を曇らせて浜松城の高い天守を振り返った。

徳川家中には土臭い侍が多いが、鱒郎右衛門は川育ちのせいか、珍しく精悍《せいかん》な顔をしている。

その鱒郎右衛門がぽつりとつぶやいた。

「しかしそれでは、勝てましょうか」

「勝てるわけがないではないか」

鍛え上げた三万もの大軍で、采配を振るのは信玄だ。あちらはとうに五十も過ぎ、いわば生涯の仕上げで上洛を果たそうとしている。

「わが殿は負けいくさばかりじゃの」

四郎が笑い声を上げると、鱒郎右衛門は困ったような愛想笑いを浮かべた。

「どうせ、勝ち負けは天にありとでも仰せになるであろう」

四郎は襟元の藍色の布をもう一巻きすると、ゆっくりと浜松城の大手門をくぐった。

「今時分、甲斐はどれほど雪が積もっておるのであろうな」

信玄ほどの武将が、半生、雪に降り籠められて、どれほど口惜しかったことだろう。甲斐のような国に生まれてはるかに京を目指す、その辛抱強さは、人質の暮らしが長かった家康と互角かもしれない。

四郎はぼんやりとそんなことを思っていた。

「どうであった」

城の大広間へ入ると鶴之助が待ちかねたように声をかけた。だが鶴之助は元来穏やかで落ち着きのある質《せ》だから、家康が急いて尋ねるのを織田の援将たちに見せぬように先回りをしたのだろう。

鶴之助は上段のそばから大きく手招きをした。家康が同じように腕を伸ばしかけ、鶴之助に気づいてあわてて下ろした姿が、このときも二人はよく似ていた。

「四郎、まずはその首巻をはずさぬか」

「いや、これは」

四郎がゆっくりと腰を下ろしながら応えていると、家康が急げとばかりに顰《しか》め面で首を振った。

四郎と鶴之助はそっと目配せをして微笑んだ。

「殿、信玄とはいくさをなさらぬほうが得策にございます」

すると家康は額をぴしゃりと叩き、やはりそうかと大きなため息を漏らした。四郎は思わず兄と顔を見合わせたが、同座している織田の援将たちに繕いようもなかった。

十月の初めから家康は、浜松から馬で一刻もかからない二俣城を信玄に包囲されていた。二俣城は東の掛川城、その南の高天神《たかてんじん》城とともに浜松城のいわば出丸のようなもので、それらを落とされてしまえば敵はいっきにここへ迫る。だが今では掛川城や高天神城との行き来も思うにまかせず、北の二俣城は落城寸前で、辺りには信玄の巨大な陣が敷かれていた。

二俣城が攻められたとき、北を守るつもりで出陣した家康は、早々とその城を遮断して南下してきた信玄と天竜川のたもとで鉢合わせになった。あっという間に軍勢を引きちぎられ、浜松へ退却しようとしたが一言坂《ひとことざか》で追いつかれた。

あのときは譜代の本多平八郎《ほんだへいはちろう》の働きで九死に一生を得て生き延びたのだ。

雪をものともしない三万の軍勢が白い息を吐きながら粛々と進み、浜松城の東を埋め尽くしていた。長い軍列を締めるようにところどころ赤備えの一団があったが、騎馬までが息を合わせたようなその行軍は見ているだけで圧倒された。

物見に出た四郎の馬は怯えたように首を振り続けていた。

「やはり徳川殿は、吉田《よしだ》城へお退きあそばしませ」

織田の援将の一人がため息まじりに言った。美濃の織田家とは桶狭間の二年後に和睦してから強い絆《きずな》ができ、信長は信玄が西上を始めると知ったときから家康にそう勧めていた。

吉田城という小城は、西の浜名湖を越えて、ちょうど岡崎城との半ば辺りにある。そこなら信玄は十中八九、素通りすると考えられていた。

信玄の軍勢は去年の春に継嗣の勝頼《かつより》が二万三千を率いて信州高遠《たかとお》を出立し、北三河に攻め込んだ。沿道の徳川方の城は次々に落とされ、信玄はそこに城代を置いて自らの出城とし、此度の上洛の足がかりにしている。

そのうえ浜松城を手に入れることができれば、吉田城に籠もった徳川勢などどうでもいいのである。

だが吉田城に籠もって万が一、信玄が攻める気になれば、浜松城の半分の日数も保たない。みすみす石垣の高いこの城を信玄に渡し、見ざる聞かざるで小さな城に籠もって通り過ぎるのを待つのは武門の名折れでもある。

「天竜川を外堀とする浜松城ならば、春までであろうと持ちこたえる。信玄には天竜川は渡らせぬ」

家康が珍しく強い声で言った。

信長は徳川家と誼を通じるもう一方の手で信玄とも文を交わし、どうやら正面きってのいくさは避けようとしている。だから同盟を結んでいる家康にいくさを仕掛けられては具合が悪いのだ。

「ですからのう、徳川殿。信玄は上洛が狙いゆえ、徳川殿を攻めるつもりはなかろうて」

援将の佐久間信盛《さくまのぶもり》が温顔で隣を振り向く。同じく滝川一益《たきがわかずます》も、徳川殿はお若いわと笑って口添えをした。

「信玄の七分勝ちと申しましてな、武田は雪が邪魔で一年の大半は動けぬであろう。それゆえ我らのごとき、十の勝ちまでは望まぬのよ。七まで勝てば御の字じゃと申して息の根は止めず、それよりは先を急ぐ」

鶴之助が穏やかに聞き返した。

「それゆえ吉田城で息を潜めておれば、わが徳川は見逃してもらえると仰せでござろうか」

「いかにも、いかにも。徳川殿を攻めて日を費やすよりは、一刻も早う西上したいであろう。吉田城はせいぜい、押さえの兵に囲まれるだけのことでござる」

佐久間が鷹揚に体を揺すって応えた。織田の諸将は、かつて人質にしていた家康を今もまだ見下すところがある。

「どうでござるな、徳川殿。このまま大人しく吉田城へお退きあそばしては」

鶴之助がため息をついて家康を顧みた。この援将たちは信長から、一兵たりとも損なうなと命じられているのかもしれない。

「お心遣いは忝いが」

家康は脇息《きょうそく》に肘をつき、ゆるゆると口を開いた。もう穏やかな声音に戻っていた。

「二俣城も一言坂も、我ら徳川にとっては重要な土地でござる。枕辺を踏み越されて起き上がりもせなんだと言われては末代までの恥となろう。吉田城へ退くことは、かまえてあるまじとお諦めくだされ」

援将たちは一様に顔を見合わせた。

やがて佐久間が立ち上がると、あとの二人もそれに続いて広間を出て行った。

家康は上段で胡座を組み、片方の膝に肘を立てて顔を乗せた。

「信玄が十までの勝ちを期さぬのは、手勢に驕《おご》りが生じるゆえであろうな」

せいぜい七、八分で止めておかねば、信玄の目には自軍の緩みが見えるのだ。

「恐ろしい男じゃな。信玄は勝ちを七分で止めおるか」

鶴之助がしみじみとうなずいている。その仕草はこのところ、どこか父の忠吉を思わせるようになってきた。

「のう、鶴之助。信玄が病の風聞、まことかもしれぬな」

「ですが巧みに辺りの城を孤立させ、一言坂では本多殿のお働きがなければ我らは皆、討ち死にでございました。あの見事な采配は信玄なればこそではございませぬか」

とくに一言坂では、まさに信玄の旗印、疾きこと風の如くだった。四郎も三十を過ぎ、多少のいくさ場は経てきたが、あのすべてを押し返す強さと目にも留まらぬ速さには、恐ろしさのあまり胴震えがきた。

「だがそれならば、今はなにゆえ見附《みつけ》などにのんびりと留まっておる？　いくら天竜川があるとは申せ、その気になれば渡るであろう。信玄にとっては半日でも刻が惜しいのではないのか」

秋に甲斐を出て、今はもう師走である。

その行軍はときに家康の裏をかくほど速いが、かと思えば幾日もいくさには半端な場所に佇んでいる。信玄には労咳《ろうがい》を病んでいるという噂があるが、これは大将が三日四日と床を出られぬとすれば合点がいく。

家康は自ら立って広間の障子を開いた。

頬を刺すような冷気が流れ込み、暗がりに光を集めて雪が積もるのが見えた。縁側の先では枯山水の小庭が白く円く浮き上がっている。

「思うままに自らの城へ戻れぬとは辛いことであろうな」

鶴之助は家康の傍らに座り直した。

「広忠公を思うておいでございますか」

小さく家康はうなずいた。

「城に戻ることもできず、諸国をさまよっておられた日々には雪の夜もあったろう。そのようなとき、父上は何としても城へ戻ろうと決意を新たにされたに違いない。だが信玄は雪を見て、どう足掻《あが》いても帰れぬと己に言い聞かせるのであろうな」

どちらもさぞ苦しかったろうとつぶやいて、家康はそのまま上段へ戻った。

「さて」

家康は悠然と広間の一同を見回し、浜松城から打って出ると言った。

吉田城に退くどころか、この城からも前へ出るのである。

「合戦の地は三方ヶ原」

開いたままの障子の先へ、家康はすっと腕を差し上げた。

信玄は、天竜川などじきに渡ってしまう。そのまま浜松城を左に眺めて通り過ぎれば、三里四方の台地が広がっている。

「後々のためじゃ。信玄の赤備え、とくと見てまいれ」

広間の皆が静かに頭を下げた。

雪は蕭々《しょうしょう》と降り続いていた。四郎には、故郷を一目見たいと願った信玄が病の床で呼び寄せた雪雲のように思えた。


年の暮れも迫った二十二日、信玄は浜松城の周りの村落に火を放ち、三万の大軍勢を率いて三方ヶ原の台地へ押し上がった。浜松城には矢の一本も射かけず、そのまま祝田《ほうだ》の坂を下って、三方ヶ原も素通りに西上を続けようとした。

申《さる》下刻、家康は祝田の坂を見下ろす三方ヶ原に立った。

四郎が傍らに目をやると、鱒郎右衛門は片方の手に槍を持ち、力強く四郎の馬の手綱を押さえている。

——東海道をな、それは大きな軍勢が進んで行くのじゃ。四郎などには思いも及ぶまい、侍の数は二万や三万どころではないぞ。これまで誰も見たことのない、天竜川よりもなお長い、太い行列じゃ。足軽どもの前後には色柄もさまざまな各家の旗指物が立ち並んでのう。中央の御大将は皆を従えて、馬上で居眠りをしてござる。

床に横たわった忠吉は、そう言って涙を流して微笑んだ。八十を過ぎて、真冬に長々と湯に浸《つ》かり、上がった後に倒れて寝つくようになっていた。

あの早春の夜も、たしか珍しく小雪が舞っていた。

――御大将は馬からして他の武将とは格が違うておる。まるで輿のように四肢が太く、それは美しい毛並みをした馬よ。御大将は春風に吹かれて、あくび交じりじゃ。

忠吉の細い指が震えながら天井を指した。

欣求浄土《ごんぐじょうど》の旗に三葉葵《あおい》の御紋旗、忠吉が描かせた巨大な日輪の旗指物もある。大将の馬のそばには大きな金扇の馬標が掲げられている。

船の帆のように広がる馬標は行列の隅々にまで光を放ち、目も開けておられぬほどの眩しさだ。

大将はときおり、飽いたように天空を見上げている。

それは日の本を津々浦々まで掌中にし、戦国の世を終いにする日の本ただ一人の武将の姿だ。

――御大将の旗指物はの、我らがこれまで数々のいくさ場で守ってまいった松平の旗印よ。

忠吉の閉じたままの瞼からまた一筋、涙が流れ落ちた。

忠吉が雲のあわいに見る幻の軍勢は、日の本一の大きな城に入って行く。それはこの浜松城でさえ櫓の一つにしたような、国ごと新しく造りかえた壮大な城だ。

「お鱒……」

鱒郎右衛門が眉をひそめてうなずいた。

この鱒郎右衛門は忠吉が拾ったときには名もなかったそうで、岡崎へ来てしばらくは何も話さなかった。四郎などははじめ、鱒郎右衛門は口がきけぬと思っていたほどだ。

忠吉は川べりで初めて鱒郎右衛門を見つけたとき、なぜこんな幼い童が親もおらずに苦労しているのかと涙がこぼれたという。それは父親からも顧みられずに一人で敵国で竹千代を守っている鶴之助の姿に重なった。

鶴之助が無事でおれば、今時分このくらいの背丈だろうか。

忠吉は、鱒郎右衛門が息災に暮らしていれば鶴之助もまたそうだろうと思うことにした。

竹千代とともに敵国へ出し、命に代えても竹千代を守れと言い含めて顔もろくに見なかった。

鶴之助は忠吉の三男だったが、長男はすでにいくさで失い、二男は体が悪く仏門に入れていた。

広忠公が岡崎を守るために竹千代を捨てたように、忠吉も鶴之助への思いは断ち切らねばならなかった。

四郎はそっと首巻に手をやった。

鱒郎右衛門を見ると力が湧いてくる。四郎は正しくは四郎左衛門といい、忠吉は四郎左衛門と対になるように鱒郎右衛門という名をつけた。

家康がゆっくりと腕を差し上げる。

祝田は急峻な坂ではなく、信玄はのんびりと坂を下って行く。家康は坂の上に布陣しているから、このまま背後から押し倒してしまえるかもしれない。

家康が雪を裂いて腕を振り下ろした。

「行くぞ、お鱒」

皆が勢いよく坂を駆け下りた。日が傾きはじめ、辺りには湿った牡丹《ぼたん》雪が逆巻いている。

先鋒が今しも信玄の末尾に届くかに見えたとき、信玄が前を向いたまま、さっと軍扇を差し上げた。すると今まで背を見せていた軍勢がいっせいにこちらを向いて、足軽たちの構える槍の穂先が鈍色《にびいろ》の光を弾き返した。

駆け下りた徳川方は息を呑み、しぜんに足を止めた。

白い雪の中に焔のような赤備えが浮かび上がり、その焔が間違いなく今、こちらを向いた。

こうなれば信玄の采配する三万の軍勢と、わずか数千に織田の援軍を加えた寄せ集めの一万である。あっという間に先鋒がたわみ、右備に続けて左備の軍勢が坂の下からぐいぐいと押し戻されてきた。

四郎たちは雪に前を遮られて切先も鈍った。だが信玄の軍勢は巧みな小回りで風上へ動いて、雪など浴びてもいない。

やがて武田と接する軍勢の先で、ぱっと袋が弾けたように何かが散った。褐色に見えたそれらは先鋒の足軽たちで、押されてついに総崩れになったのだ。

織田方の援将は我先に向きを変え、なかで平手汎秀《ひらてひろひで》だけが踏みとどまった。織田方にも徳川への気兼ねがあったのだろうが、その平手の姿もすぐ呑まれて見えなくなった。

そのとき気を揺るがすような押太鼓の音が辺りに鳴り響いた。信玄の総攻撃が始まる合図だ。

信玄の軍勢は前と横から激しく押して、わずか一万の家康の軍勢はもう千切れかかっている。

ここへ総攻撃などを仕掛けられては凌《しの》げるわけがない。

「もはや退却じゃ！」

四郎は叫んで家康を振り向いた。

だが家康はうろたえて頭を右に左に振っている。いつも家康のそばを離れない鶴之助も、ここからは姿が見えない。

「殿、迷われてはなりませぬ。早う浜松城へお戻りを」

「そうは参らぬ」

「信玄は、多勢に無勢で勝てる相手ではござりませぬぞ！」

「何を申す。いや、そうではないのじゃ、四郎」

家康はすがるように四郎の腕をつかみ、そのままぐっと耳を引き寄せた。

「四郎。儂は小便がしたい」

ずるりと四郎は槍を取り落としかけた。

横殴りの雪に頰を叩かれて、なんとか家康の顔を覗き込むと、つぶらな瞳が無心にしばたたいている。

「このようなときに何を血迷うたことを。小便など馬の背でなされ」

「違う、違う。分からぬか、四郎。さすがに小便ごときで呼び止めるはずがなかろう」

察せよとばかりに、家康は額に青筋を立てている。

思わず四郎は吹き出した。

「そうか、殿は糞《くそ》がしとうござったか」

四郎はいくさ場も忘れて大笑いをした。

信玄は雪の中で幾年も考えを巡らせ、この上洛に備えてきた。それにひきかえ家康は、いくさ場で厠《かわや》を探している。

忠吉も四郎も、岡崎衆は皆、家康が強い武将だからついて来たわけではない。ただ生まれたときから無性に家康が好きで、どうしても世話を焼かずにはいられなかった。これは三河の律儀より以上に、ただ四郎たちの生まれつきとしか言いようがない。

四郎は心底満ち足りて空を見上げた。家康が天下を取ろうと取るまいと、もうどうでもかまわない。ただそれでも四郎はこの家康が天下を取るという、どうしようもない確信が捨てられぬ。この生身の家康に比べれば、雲間に浮かぶ万軍の大将の幻など取るに足らぬものだ。

四郎は手槍を地面に突いて持ち直すと、自信に満ちて家康に笑いかけた。

「天下を取られるのはわが殿じゃ。城に戻れば厠がござる。間に合わねば馬の背でなさるがよいわ。そのような殿のお身代わりごとき、この四郎で十分じゃ！」

もう一度槍を地面に打ちつけると、肩に入っていた力もしぜんに抜けた。病をおして上洛に執着する信玄より、一世一代のいくさ場で厠を思う家康のほうがはるかに天下に近い。

四郎が笑い涙をこらえて振り向くと、家康は腹を押さえて不安げにこちらを見ている。

忠吉があれほど家康を案じ、命を懸けてきたわけが今ようやく分かった。目の前にいるこの家康は、間違いなく徳川家を日の本一に押し上げる。

家康さえいれば岡崎衆は勝ったも同然だ。

「殿、急いで城へお帰りなされ。御大将がそのような情けない顔をなさるものではないわ」

「つれないことを申すな、四郎。早う儂を、厠へ連れて行ってくれ」

四郎はわっと笑うと家康の顔に手を伸ばした。最後にその大福のように柔らかい頬に手を触れさせてもらった。

この顔はたしかに、雲のあわいに幾度も見てきた万軍の大将のものだ。四郎はついにあの幻の大将の顔を見た。

「では四郎めはこれにて。天下を土産に、あの世でお目にかかるのを楽しみに待っておりますぞ！」

四郎は家康に背を向けると坂を駆け出した。後ろから鱒郎右衛門が必死で追いすがって来る。風が雪を吹き寄せて耳元でうなっている。四郎の馬は面白いほど風に乗り、坂をいっきに信玄の軍勢へ突き進んで行く。

桶狭間で家康が岡崎城に帰り着いたとき、忠吉は跳ねるように喜んだ。そのときと同じ顔をして今、忠吉が四郎の目の前に立っている。

——竹千代君はやがて、浜松城とは比べ物にならぬ大きな城の主におなりじゃ。左様、日の本一の城じゃぞ。

四郎は忠吉にうなずいた。いくさの世を必死で駆けた忠吉が、あれほど信じた家康が、自らの城に帰り着けぬはずがない。

——くれぐれも、竹千代君をくれぐれも頼むぞ。儂の、唯一の執着じゃと思うてな。

父が旅立ったとき、四郎は静かにその藍色の首巻を抜き取った。

——たしかに、お引き受けしましたぞ。

四郎は力をこめて父の首巻を握った。

「勝ちは我らじゃ！　殿さえお戻りになれば、我らは七分勝ちじゃ」

鱒郎右衛門が顔をこわばらせて隣を駆けている。

「お鱒！」

四郎は忠吉の首巻をほどくと、馬上から鱒郎右衛門の首に掛け替えた。

鱒郎右衛門の足なら家康に追いつける。

「その首巻、必ずや兄上に届けよ」

「四郎様！　私はどこまでも四郎様にお供いたします」

お鱒とは競い合えと、左衛門、右衛門の名を授かった。これから先は鱒郎右衛門に家康を守ってもらう。

「首巻を頼んだぞ」

四郎は鱒郎右衛門に微笑みかけて、馬の腹を強く蹴りつけた。鱒郎右衛門の声は雪のうなりとともに、いっきに後ろへ遠くなった。

信玄の軍扇だけを見つめて、四郎は敵の中央へ駆け込んだ。

八　伊賀越え

一

天正《てんしょう》十年（一五八二）六月二日の夜明け前、鳥居鶴之助改め元忠《もとただ》は京の中立売《なかだちうり》で、亀屋《かめや》の大戸を激しく叩いていた。

亀屋は京で呉服を手広く扱う大商人で、三河一円を治める徳川家とも長いつきあいがあった。元忠も京まで徳川家康の供をして来て、先だって屋敷を訪ねたばかりだった。

固く閉ざされていた大戸の覗き窓がそっと透き、くぐり戸が開いた。そのまま元忠は腕から引っ張り込まれて三和土《たたき》に転がった。

見上げると店主の亀屋栄任《えいにん》がこわばった顔で元忠を眺めている。

「遅うございましたな」

「目立たぬように馬を用意してくれ。それから商人の衣を貸せ。侍の形では人目を引く」

栄任はうなずいて前にしゃがみこんだ。

「まずは落ち着かれませ。堺への知らせは今しがた出しました。それに茶屋《ちゃや》殿がどうやら先に行かれたようですから、今これ以上、京でできることはございませんぞ」

栄任は五十を過ぎ、元忠よりも十は年嵩で世智《せち》もある。だが家康が三河の大名になってから仕え始めた栄任など、どれほどの心配りができるものか。

この五月、元忠の主君、家康は駿河を与えられた返礼に安土《あづち》の織田信長を訪れた。春に甲斐の武田家を滅ぼし、浜松に立ち寄った信長を饗応《きようおう》したためもあり、元忠たちまで信長自らに膳を配ってもらうほどの厚いもてなしを受けた。

そのまま京、大坂を見て帰るように勧められ、ふたたび信長と会うつもりで京に入ったのが十日ほど前のことである。

かつては織田の人質だった家康と、その小姓として尾張で過ごした元忠にとっては現《うつつ》とも思えぬ旅だった。武田信玄に大敗した三方ヶ原の戦いから十年で、家康はついに信長とともに武田家を滅ぼしたのだ。

元忠はぐっと拳を握りしめて立ち上がった。

安土では信長家臣の明智光秀《あけちみつひで》に接待を受けたが、その光秀が昨夜信長を襲って殺したと、京の都は蜂の巣をつついたような騒ぎになっている。元忠はとても信じることができずに信長の滞留する本能寺《ほんのうじ》まで見に行ったが、道という道が明智軍にふさがれ、近づくことはできなかった。

信長の上洛と入れ違いで、ひととおり京見物を終えた家康は堺へ旅立っていた。まだほんの二日前のことで、元忠は慣れぬ雅《みや》びた暮らしに熱が出て、堺へは供をしなかった。

幼い人質の歳月もずっとそばを離れず、敵国でもともに暮らしてきた元忠が家康と離れたのは一体いつ以来のことなのか。

元忠は鬢を掻きむしりながら式台に腰を下ろした。

信長が死んだのはどうやら間違いない。となればわずかな供廻りだけで堺にいる家康など、信長の諸侯として真っ先に命を狙われる。

だから元忠はまずはその変事を家康に告げ、領国へ還《かえ》さねばならない。そうでなくても今日、六月二日は家康がふたたび京へ上り、信長へ帰国の挨拶をすることになっている。

「ともかくは馬を貸せ。儂は生きるも死ぬも殿とご一緒するのじゃ」

「今から行ってどうなさるのです」

栄任が冷ややかな目で元忠の左足の付け根の辺りを見下ろしている。

「手前が茶屋殿へ人をやったときには、清延《きよのぶ》さんはもう出られた後でしたがな。さすがは清延さんや。うちの者より、もう一里か二里は先に行ってはりますやろ」

清延とは当代茶屋四郎次郎のことだ。この亀屋より身代の大きい呉服屋で、家康と歳も近いから栄任よりも一回りは若い。しかも清延は栄任ともども、呉服商というよりは家康の傍衆に近かった。

「清延は馬も巧みであったな」

「はい。ですがさすがに清延さんだけでは家康公もにわかにはお信じになれますまい。ただ、遅れて亀屋からも来たとなると、まさか京へお戻りにはなりませんやろう」

家康公は運がお強いですなと栄任は微笑んだ。

京を出立する間際、家康は栄任たちの店を訪ね、問われるままに堺での旅程を教えていた。六月一日は今井宗久《いまいそうきゅう》の屋敷で茶の湯を愉《たの》しみ、二日の朝のうちに堺を出立することは亀屋でも茶屋でも知っていた。だからどちらも家康のもとへ走って行くことができたのだ。

元忠は叩きつけるように腿《もも》に手をついた。

「光秀めは何も分かっておらぬ。諸侯は信長公が強大ゆえ従っておったわけではない。京でこのような凶事を起こし、誰が味方するものか」

「左様にございます。やはりなまなかな御運ではない」

栄任はしみじみと言った。

「ご出立のとき、旅路では人ごとに路銀を携えておったほうがよいと、家士の皆様に金子を分けておられましたろう。このようなことになれば、道中、何をするにも金子がものを言いましょう」

どこでどんな手合に遭遇しても、まずは金子を切れるかどうかが明暗を分ける。

しかも此度は長い旅で、金子銀子はかなりの重さになった。とっさに分けるまでもなく各々が持っているのは好都合だ。

「あとはどこを通られるかですな。さて徳川殿は三河へはどの道でお戻りになるでしょう」

栄任が試すような目つきで元忠を見た。

「堺から船に乗り、熊野《くまの》灘を廻って三河湾へ着ければどうだ」

だが栄任は黙って首を振った。

三十人ばかりの小勢で港へ出るのは危険も多く、伝手《つて》がなければすぐに船が調達できるか分からない。沖で凪《なぎ》にでもあって日数をくえば、馬で三河へ先回りした光秀たちが城下を押さえてしまう。

元忠が呆然《ぼうぜん》として答えられぬとみると、栄任は続けて言った。

「四條畷《しじょうなわて》辺りから山道を辿られ、近江、甲賀《こうが》を経て伊賀路で伊勢へ出られるのがよいのではございますまいか」

そのとき元忠は目が覚めた。

「ならぬ！　伊賀は我らにとって、今もっとも危うい土地じゃ」

信長が伊賀を攻め、三万ともいわれる国人が無惨に殺されたのは昨年のことだ。ただでさえ昼なお暗い、岩場の続く山間の土地で、まだまだ至るところに伊賀の残党が潜んでいる。信長に臣従する諸侯など、伊賀や甲賀の地侍にとっては、信長にも等しい親兄弟の仇である。

思わず式台から立ち上がった元忠を、栄任は険しい顔に笑みを浮かべて見据えた。

「たとえ織田方でも、徳川様にかぎっては決してそのようなことはございませんぞ」

商いで諸国に通じている栄任は、近江や山城《やましろ》での評判をよく知っている。信長の伊賀攻めのとき、伊賀甲賀や伊勢からは多くの地侍が難を逃れようと各地へ散ったが、家康は三河へ落ちて来たその者たちを手厚く庇護し、取り立てもした。

そのため信長の悪名が高まるにつれて、家康の情け深さは広く知れ渡った。

「だがわが殿とて、信長公の手前、目立ったことはなされなかった」

「あのような折、一度匿《かくま》われただけでも十分でございます。それゆえ服部《はっとり》殿もお供しておられましたろう」

堺へも同行した伊賀侍の組頭、服部半蔵《はんぞう》だ。家康との縁は互いの祖父の代からだというが、元忠も詳しいことは知らない。

此度、家康は京へ入るというので殊更に供の数は減らしてきた。京で信長に再会すれば備中《びっちゅう》の毛利《もうり》攻めに兵を貸すよう命じられることは分かっていたから、国許であらかじめ軍勢を調えておく必要もあった。

そのためわずか三十人余とはいえ、供には精鋭の者たちが選ばれている。

「まことに徳川殿は並々ならぬ御運をお持ちでございます」

元忠は餅のように福々しい家康の笑顔を思い浮かべた。

――またとない堺大坂の見物というに、元忠は運のない奴じゃ。

京を出立するとき、高熱でふらついて床から出ることもできない元忠に、家康はそう言って笑った。

だから元忠は死んだ弟の従者だった鱒郎右衛門に、父忠吉の形見の首巻を掛け、すべての路銀を預けて送り出した。鱒郎右衛門は徳川家中一の早駆けの侍だ。

「さて、元忠様はどこで徳川殿をお待ちになりますかな」

栄任が大らかな笑みを浮かべて元忠を眺めている。

たしかにもう使いも出たなら、この場で焦ってもできることはない。

「三河へお戻りあそばせば、秀吉《ひでよし》殿の援軍として備中へ向かわれる手筈だったのでございましょう」

元忠は眉をひそめてうなずいた。こんなことなら少しは軍勢を率いて来ればよかったのだ。

「宜しゅうございましたなあ。備中などにおられては、今もまだ京の変事にはお気づきでありますまい」

栄任は落ち着き払った顔で次の次まで読んでいる。商いにすべてを懸けている大商人は、こんなときは侍より冷静にものを見られるのかもしれない。

だとすれば栄任や清延にここまで尽くされる家康は、やはりまだ運に見放されてはいない。

栄任の顔からはいつしか険しさも消えていた。

「手前が徳川殿の御運をもっとも強く悟りましたのは他でもない。畏れながら元忠殿が、京にお残りじゃと知ったゆえでございましたな」

「儂がじゃと？」

茶屋もきっとそう思ったろうとつぶやいて、栄任は元忠に微笑んだ。

「まさに徳川殿と一心同体であられた元忠殿が、たまさかおそばを離れ、堺へ参られなかった。それこそ、我ら京の商人が徳川殿のご武運をあっさり信じられた理由にございます」

祝着にございましたなと肩に手を置き、栄任は頼もしげにうなずいた。

二

清延が半蔵と並んで、競うように山路を登って行く。

元忠は茶屋をただの商人ではないと囁いていたが、鱒郎右衛門にもどうやらそのことがよく分かってきた。なにしろ隣を進む半蔵は伊賀の忍び者だが、その大柄の半蔵と山道を行くのにまったく引けを取っていない。

鱒郎右衛門は鳥居四郎が死んでからその兄の元忠の従者となっていたが、元忠とは京で別れたまま、今は家康に従って三河へ向かっていた。

昨六月二日の朝早く、堺から京へ戻るつもりだった家康は、先に京の信長に向けて本多平八郎を使いに出した。信長は家康が堺へ出たのと入れ違いで上洛していたから、平八郎は街道を勇んで京に上って行った。

それが枚方《ひらかた》に着いたとき、向こうから血相を変えて駆けて来る清延と行き合った。辺りを歩いていた者はまだ誰も京の変事を知らず、のどかな朝日が京の方角から顔を出したばかりだった。平八郎は、さては茶屋は不意の借財でも抱えたかとのんびり笑っていたという。

事情を知った平八郎は清延と取って返して、堺を出立した一行と飯盛山《いいもり》で合流した。

信長の横死を聞いた家康は驚いて床几から転がり落ち、しばらくは鯉のように口をぱくぱくさせていた。

そこへ亀屋栄任からの使者も来て、もはや本能寺で信長が死んだことは疑いようもなくなった。

——鶴之助、鶴之助……。

家康は鱒郎右衛門の主の幼名を呼び、助け起こす者がないと知ると、ようやく床几をつかんで起き上がった。

——このうえは京に上り、光秀に一太刀浴びせて腹を切る。

顔を引きつらせて家康が言ったとき、鱒郎右衛門は主の苦笑する顔が見えた気がした。

家康の血筋はどうも突拍子もない惑乱から、気みじかな奇行に走る。元忠がそう言って笑っていた声まで思い出した。信玄に戦いを挑んだ三方ヶ原がそうだったし、家康の父、広忠もしゃにむに城を取り返そうとして手痛い敗北を喫したという。

だがさすがに四十を越えた家康は、ともかくは家臣の言葉に耳を貸した。みすみす領国が踏み荒らされるのを見過ごすわけにはいかぬので、なんとしても三河へ帰ることになった。

家康たちは怪しまれぬように四條畷から山城、近江と抜けて伊賀路に辿り着いた。

近江に入った頃から、荷車に家財を積んで下って来る商人や、あわてて馬で駆ける侍たちを幾人も見た。光秀の手勢と鉢合わせでもすれば事だと思い始めたところで、うまい具合に街道は山へ入った。

だがほっとしたのも束の間《つかのま》、足元はにわかに獣道になり、昼というのに左右の木立は奈落の底に通ずるような闇だった。

このまま糸の如く細い道を辿っても伊勢の海へ出られるかは定かでない。京の騒ぎを聞いた土豪たちはそこかしこで落ち武者狩りを始めているのに違いなかった。

「伊賀も甲賀も、信長公を憎み抜いておる土地柄ゆえな」

鱒郎右衛門の隣を歩いていた酒井《さかい》忠次《ただつぐ》がぽつりと言った。忠次は武勇にすぐれ、鱒郎右衛門や半蔵たちとともに一行の先鋒をつとめていた。

すぐ後ろから荒い息遣いで家康たちがついて来る。山中で名もない土豪に殺されるくらいなら、敵《かな》わぬまでも光秀の前で武士らしく死んだほうがましだったことになる。

しかも家康の家系は祖父といい父といい、端武者にあえなく命を奪われている。今、山路を急ぐ誰の胸にもそのことはよぎっているはずだった。

「のう、お鱒。このような折じゃ、なにか気のきいた縁起話の一つでも聞かせぬか」

忠次はまだ松平といった時分から徳川家に仕え、家康の叔母にあたる姫を妻に迎えている。三河の一向一揆で家臣たちの多くが離反したときも家康の下を離れなかった譜代の筆頭だ。

もう六十近い歳だが才智に長け、三方ヶ原の戦いでは城に戻るやいなや太鼓を打ち鳴らして、雪の中を転がるように逃げ帰って来た岡崎衆を勇気づけた。

「お鱒は口がきけぬと思うておる者も多いが、実はそうではなかろ」

鱒郎右衛門はうなずいた。周囲の枝を切り払いながら大股で登り、わずかも息が乱れないのはさすがだった。

「のう。鳥居忠吉殿は、わが殿がまだ童の時分に、天下を取られる御方じゃと占いの婆に聞かされたそうではないか」

忠次は油断なく辺りの暗がりへ目を動かしている。

「忠吉殿に拾われ、四郎と対の名を授かって大きゅうなったおぬしなら、その話も知っておるのではないか」

「は……」

占いの婆について忠吉から聞いたことはないが、四郎とは幾度もその話をしたことがある。だがしょせん証のない莫迦げた話で、鱒郎右衛門などが話して真実が伝わるはずがない。忠吉と四郎が雲のあわいに見ることができたものを人に信じてもらうには、やはりじかに忠吉や四郎から聞くほかはない。

「畏れながら、それがしは何も存じませぬ」

「そうか、何も知らぬか」

忠次は寂しげな顔をした。

「儂も、そう言えばよかったのう」

はっとして忠次を見ると、その目に涙が浮かんでいた。

「忠次様……」

「此度の上洛はのう。殿は浜松を出られて、まずは岡崎城へ入られた。そののち信長公の安土城であったろう。儂には苦い悔いの残る城ばかりじゃ。そして今また、殿は大浜《おおはま》を目指しておられる」

大浜は伊勢から海で知多半島を越え、三河に入った最西にある。そこまで行けば信長の尾張も過ぎ、三河安祥も目と鼻の先で、家康は領国に帰り着いたことになる。

だがたしかに岡崎に安土、そして大浜といえば、忠次にとっては辛い土地ばかりだ。

「儂もおぬしのように、何も知らぬとさえ申しておれば」

忠次の握りこんだ拳が、鱒郎右衛門の腿にとんと触れた。そこから忠次の悲しみが身体に伝わってくるような気がした。

「信康様の死は、忠次様のせいではございませぬ」

「いや。やはり儂のせいであろうの」

忠次は荒々しくそばの雑木の枝を払った。こうして細い獣道を切り開き、皆で山の中を進んで行く。

家康の嫡男、信康が死んだのは三年前、天正七年（一五七九）の夏だった。信長に敵対する武田家と信康が通じ、謀反を企てたとして信長に切腹を命じられたのである。

信康はまだ二十一だったが、すでにいくさ場での手柄も多く、采配も見事で、家康は先々を楽しみにしていた。

だが家康の正室だった実母の築山殿《つきやまどの》が今川家の出で、信長にかねて恨みがあったと断じられた。

そのため築山殿ともども、武田家の残党と結んだとされたのだ。

岡崎城を譲られていた信康は家康によって城を出され、大浜城に移された。今、家康が必死で帰ろうとしている三河最西の出城である。

大浜からも出された信康は九月の半ばには遠江の二俣城へ送られ、そこで腹を切らされた。

「お鱒が儂ならば、やはり何も知らぬと申したであろうにな」

鱒郎右衛門には有無を言わせず、忠次は抜身を振り回して山を登って行く。横から突き出した枝葉は片端から薙ぎ払い、鱒郎右衛門も逆側を同じようにして進む。

そもそも信康が謀反を疑われたのは、その妻のせいだったと言われている。信康の妻、徳姫《とくひめ》は信長の娘であり、それが信長に信康密謀の讒訴《ざんそ》状を書き送ったのだ。

鱒郎右衛門のような下士には真実など伝わるはずもないが、徳姫は築山殿とたいそう折り合いが悪かった。築山殿のほうが徳姫を気に入らなかったようで、姑《しゅうとめ》の口から夫に讒言が繰り返されるので、いつしか信康と徳姫の仲も上手くいかなくなった。

築山殿にとって徳姫は仇の織田家から迎えた嫁だ。元来、気性も激しかったから、まだほんの十五、六という徳姫に辛く当たり続けたという。

それでついに徳姫は父親に夫をあげつらう文をしたためた。十二条にもわたって信康の罪を掲げ、なかに母子が武田と通じているという一条もあった。

その文を徳姫に託され、安土城の信長へ届けたのが忠次だった。

「儂が徳姫様に命じられたとき、断ればよかったではないか」

びしっと癇の強い音をさせて、忠次は斜めに出た枝をまとめて踏みつけた。

「臣下の身ではそうもまいりませぬ。ましてや信長公への文とあらば」

「中を慮《おもんぱか》り、せめて先にわが殿にお見せすればよかったのじゃ」

忠次はぐっと前のめりになった。太刀の柄が前を歩く清延の袴に擦り、清延も寸の間、こちらへ耳を澄ますようにした。

清延はまたすぐ足を速めた。

忠次は徳姫に命じられるまま安土城へ使者に立ち、信長が文を読み終わるのを広間で待っていた。

上段で信長はふんと鼻息をつき、お徳は男勝りの気性ゆえとつぶやいた。

——して、忠次。ここにお徳が書いたことは真実であろうの。

まさか真偽も確かめずに安土まで参るまいと畳みかけられて、忠次はただうなだれていた。書かれたことに中《あ》たりはつけていても、まさか開いて読むことはできなかった。

——よもやお徳は、徳川でないがしろにされておるわけではあるまいな。

決してそのようなことはと、忠次は板間に額をこすりつけた。

信康はわがままで粗暴なところも多かった。夫によく仕える徳姫を忠次たち家臣は皆、信長とも思って敬ってきた。

——ならば、由々しきことではないか。

——滅相もございませぬ。徳姫様の御身は、それがしどもにとっては御家にも勝る無二の宝にて。

——ではお徳の名を騙《かた》って偽りの文など儂に見せぬであろうな。

──申すまでもございませぬ。

忠次が必死で言い繕ったことはすべて裏目に出た。徳姫の文に信康の謀反が記されているなど思いもよらず、信長が信康に始末をつけよと言ったときは、忠次もしばらく意味が分からなかった。

むろん家康は信康を惜しみ、とりあえずは岡崎城から逃がした。その身を大浜に移し、さらに迷い続けて徳川家の奥深く、二俣城まで連れて行ったのだ。

だがついには切腹させた。

──なにゆえ忠次は、何も知らぬと言わなかった。

信康が腹を切った夕刻、家康はぽつりとそう漏らした。もしも安土城で忠次が信長の問いに首を振り続けていれば、信康は死なずに済んだかもしれないのだ。

それでもあの後も家康の忠次への信頼は変わらず、今もこうして伊賀越えの先頭を歩かせている。

「殿には何が何でも三河へ帰っていただかねばならぬ」

低い悲しげな声で忠次が言ったとき、鱒郎右衛門も今はそれだけを考えることだと思った。

「必ずやお戻りあそばします。家康公ほどご武運の強い方はおわしませぬ」

鱒郎右衛門はまっすぐに前を見た。

「此度の伊賀路、わが主の元忠様がご同道されておらぬことこそ、家康公、なによりの強運の証」

忠次はぼんやりと鱒郎右衛門を見返した。

前から清延が笑って振り向いた。

「たしかに、左様でございましょうな。手前も元忠殿が京にお残りであったゆえ、此度即座に家康公の御運を信じることができました」

「清延まで、何を申す」

「もしも元忠殿がともに堺へおいでであれば、伊賀越えをなさると決まった折、止める間もなく腹を召しておいででしたろう」

となれば家康の決断も鈍ったはずだと、清延は乾いた声で言った。

「馬でも行けぬ、少なくとも一昼夜は杣《そま》のように歩き通さねばならぬとなれば、元忠殿のおみ足ではとてもお供はできませんでしたからな」

あっと忠次が息を呑み、清延はうなずいた。

「それゆえ元忠殿を思うて、家康公は決して伊賀越えを採るなどとは仰せになりませんでしたろう」

徳川が織田とともに武田家を攻めた長篠《ながしの》の戦いのあと、元忠は武田家から諏訪原《すわはら》城を奪い返すために左足に大怪我を負ったのだ。

馬に乗り、弓や槍を使うことにはほとんど差し障りはないが、山路を急いで駆けるとなれば、とてもついて行くことはできない。

「元忠殿は足手まといを厭《いと》うて、迷わずお死にあそばした。また家康公は、元忠殿がそうなさるとお考えになり、この道はお選びにならなかった」

忠次は声もなかった。

鱒郎右衛門も家康がそこまで先回りして伊賀越えを諦めるとは考えてもみなかった。だが元忠は家康にとっては分身のようなもので、やはりとても置いて行くことはできなかっただろう。

「元忠殿をお見捨てあそばせば、家康公の律儀の評判も落ちますゆえなあ。いや、なんとも天が味方したとしか申しようがない」

清延はわずかも足を緩めずに歩いて行く。

「栄任殿も同じであろうが、我ら商人は、しょせんは忠義よりも店が立ち行く道を探るもの。勝ち馬に乗らねば、商いなど精を出しても仕方がございませんのでな」

その明るい笑い声を聞いたとき、鱒郎右衛門の胸からも何かつかえが下りていった。

「どうでございますかな、お鱒殿。我らが家康公の御強運の証、暗い山道のつれづれにお聞かせくださらぬか」

清延がもう一度笑って振り向いたとき、鱒郎右衛門もつられて微笑んだ。

旅の与太として笑ってもらうのも一興だ。きっと忠吉か四郎がここにいれば喜んで話すだろう。

そのとき左手からふいに大勢の足音が聞こえた。木立を揺るがして、百を超す男たちの歩く気配が近づいて来る。

半蔵はすでに刀を抜いていた。忠次も清延も、もちろん鱒郎右衛門も柄をつかみ、家康の周囲に素早く円陣を組んだ。

突如、そばの樫《かし》の大木が揺れた。風など吹かないのに、辺りの枝がどれも大きくかしいでいる。

忠次が張り出した枝のほうへ目で合図をした。鱒郎右衛門がそっと見上げると、枝の先に猿のような丸い影がある。

木立を見回すと、影はそこかしこにある。しゃがんだ腰の辺りに刀のような物を下げ、どうやらその影は人のようだ。

地面に目を戻すと、家康たちはすでに取り囲まれていた。

皆がわずかずつ間を狭め、円陣を小さくした。槍を手にする家士たちは槍を構え、太刀の者はすでに鯉口を切っている。

ひゅっと風を切る音がして、円陣の前に一本の矢が突き刺さった。

――我らの地を通り、いずこへ参る。

闇の中から木々を揺らして低い声が響いた。人でないような、どこか恨みの籠もった獣の唸りのようだった。

――この先は加太峠《かぶと》じゃ。負け犬どもが越えられる道ではないわ。

鱒郎右衛門は忠次と目配せをした。

加太峠は鈴鹿《すずか》の峰にも近く、猟師でさえ滅多に通らない。だが道が険しいぶん、光秀たちに遭わずに伊勢へ抜けることができる。

闇の声はこの辺りをよく知るらしく、一行が目指す先も見抜いている。これほどの山奥にもまだ土豪がいたのだ。

半蔵が前へ出て、矢を地面から引き抜いた。

「ここは多羅尾《たらお》殿の領国であろう。そのほうこそ、光俊《みつとし》殿に許しは得ておるのか」

半蔵が矢を投げ返すと、その矢は見事に樫の幹に刺さった。

そのとき幹の後ろから人影が現れた。上背のあるがっしりとした男で、その男が軽く手を上げると、木立の枝にあった丸い影がいっせいに飛び下りた。残らず人だった。

「半蔵殿か」

「おお、その声は光俊殿」

半蔵がほっと息をついたとき、暗がりでざっと衣の触れる音がした。百に近い侍たちが膝をついたのだ。

「では徳川殿か」

「いかにも。家康じゃ」

忠次が止める間もなく、家康が円陣の中から足を踏み出した。

大男は片膝をつき、家康に頭を下げた。

「ようやく京の騒ぎを聞き及びました。半蔵殿がご一緒ゆえ、こちらを通られると存じ、最前から待っておりました。この先は我らが案内つかまつる」

「それはなんと有難い」

家康が男の手を取ろうとしたとき、清延がすっと身体をすべらし、あいだに入った。

「かたじけのうございます。手前は京の呉服師、茶屋四郎次郎と申す者。今は火急の折ゆえ、わずかの持ち合わせしかござらぬが、三河律儀の徳川殿は必ずや労に報いてくださいますゆえな」

そう言いながら懐から重そうな金子の袋を取り出すと、中も確かめずにそのまま光俊の袖にすべりこませた。

「これは……」

「なにより頼もしい御味方に会えたものじゃ。道中案内、しかと頼みますぞ」

清延はあっさり受け取らせてしまうと、家康に頭を下げた。

半蔵が光俊の手を取った。即座に光俊の配下も立ち上がり、暗がりに力強い衣擦《きぬず》れの音がこだました。

「多羅尾殿は甲賀、小川城の主でございます。従者は……」

「甲賀百五十、伊賀二百」

光俊が太い声で答え、家康の円陣から勝どきが上がった。

「さあ、わが小川城へお越しを。じきに日も沈む。この山を夜に歩かれてはなりませぬ。今宵《こよい》はまげて、わが城へお泊まりくださいまするよう」

光俊が踵を返し、半蔵たちの後ろから家康も続いた。

三

六月四日早暁、山を下りた家康たちの眼前に紺碧《こんぺき》の海が広がった。知多半島を真東にのぞむ、伊勢の白子《しろこ》にようやく辿り着いたのだ。

光俊が手配したものか、浜辺には目立たぬように漁師船がもやわれていた。

朝日が昇るとともに船は浜を離れ、膝をついて並んでいた光俊たちもすぐに見えなくなった。

東の空では夏の明るい入道雲が一行を迎えるようにいっきに膨らんでいった。ちょうど忠吉が見上げては微笑んでいた雲によく似ている。

鱒郎右衛門が船縁に立っていると忠次がそばへ来た。

澄んだ光の下で見るとどちらも埃《ほこり》まみれのひどい顔をしている。互いに笑みが湧いて、忠次は鱒郎右衛門の袖に引っかかっていた小枝を取ってくれた。

「これで三河へ帰れますな」

珍しく鱒郎右衛門のほうから口を開いた。忠次は驚いた顔をしたが、すぐにうなずいて微笑んだ。ここまで来れば、もう光秀たちに見つかることもない。

「山を下りれば、外はこれほど明るかったのだな」

忠次が大きく息をつき、はるかな伊賀の山を振り返った。海からはよけいに高く見えるもので、よく二日でここまで来られたものだと思う。

鱒郎右衛門は笑って入道雲を指さした。

「あのような雲を見たとき、御奉行はよく話してくださいました」

鱒郎右衛門を育ててくれた忠吉は、長いあいだ岡崎奉行として家康のいない岡崎城下を守っていた。

「雲のあわいに、天竜川よりも長い軍勢の進むさまが見えたそうでございます」

忠次が怪訝そうな顔をした。

だが信じてもらえなくてもかまわない。誰が疑っても鱒郎右衛門だけはこれからもずっと信じていく。

「それは戦国を終いにする、天下を取った侍大将の率いる軍勢だそうでございます。馬の背で悠然と目を閉じる御大将のそばには、徳川の旗印が無数に立っている……」

大将は日の本一の国に住んでいる。その軍勢が帰って行く町には、日の本一の城が建っている。

「その御大将は紛れもない、わが殿だそうでございます。まだ家康公が竹千代君と呼ばれておられた赤児の時分から、御奉行にはその大将の顔がはっきりと見えておりました」

忠吉だけではない。三方ヶ原で家康の身代わりになって討ち死にした四郎も、その侍の万軍の列を見ることができた。

忠吉も四郎も、よく満ち足りたように顔を輝かせて雲のあわいを見上げていたものだ。

——見よ、お鱒。わが松平の旗印があそこにもここにも立っておるではないか。あの日を弾く、大きな金扇の馬標はどうじゃ。

あのときこの忠吉たちの顔を、鱒郎右衛門はこのさき何があろうと忘れない。忠吉が描かせた真紅の日輪の旗指物がそれは勢いよく風にひるがえっていると、四郎も嬉しそうに話してくれた。

「そなたにも見えるのか」

おずおずと尋ねる忠次に首を振った。どれほど目を凝らしても、鱒郎右衛門には旗指物の一本、馬の一頭すら見えたことはない。

「忠次様はお信じになりますか」

「いや……。やはり儂にも、見えぬようじゃの」

忠次は申し訳なさそうに目を逸らした。

船は知多半島を廻り、三河の沖に入って大浜城を見はるかした。

大浜は舟手の要害で、西が海に面している。そこで一行は二手に分かれ、数人の供侍が陸路を岡崎まで知らせに走った。

やがて家康を乗せた船は湾から矢作川の河口に入った。

川の流れに逆らって船はゆっくりと上って行く。夏にふさわしい朝の日が中天に昇ったとき、光に輝く岡崎城の天守が見えてきた。

家康は船を下り、襟をくつろげながら城へ歩いて行く。沿道にはすぐ人だかりができて、岡崎城下から集まった家士たちは家康の無事な姿に頰をぬぐっている。

「殿！」

城下から風をはらませて一騎の騎馬が駆けて来た。

侍の両袖は風をはらんだ帆のように膨らんで、いつから着たままかという汚れた衣から、乾いた砂埃が風に舞い上がっている。

「ようご無事でお戻りを！」

顔が分かるそばまで来たとき、侍は馬を捨てて飛び下りた。

「そなたこそ、無事であったか」

家康も駆け出した。侍は京で別れたきりの元忠だ。

全力で走ると片方の足が悪いのが遠目にも見て取れる。あれではやはり伊賀をともに越えることはできなかったろう。

窪《くぼ》みに足を取られ、元忠は土道でぐにゃりと身体を歪ませた。それを危うく家康が抱きとめた。

「必ずやお戻りになると信じておりました」

元忠の顔は涙で泥が落ち、髭《ひげ》も伸びきっている。

離れたところからでも鱒郎右衛門には泥まじりの涙がよく見えて、こちらも首巻に顔を埋めた。

「あれが真の家臣というものよ」

忠次がそっとつぶやいた。

「儂とて殿を……」

続きは声にならなかった。その目にも涙が溢れている。

忠次もあの元忠と同じように、今川での家康を命懸けで守ってきた。だから家康も信長に弁明できなかった忠次を咎めなかったのだ。

だがそのことがかえって忠次を苦しめているのかもしれない。

鱒郎右衛門は高い空を見上げた。憂さの消えるような濃い入道雲が湧いているが、やはりそこには何も見えない。

「今川家では、家康公は高僧についてずいぶん勉学に励まれたと聞きました」

鱒郎右衛門が静かに言うと、忠次が目頭を押さえてこちらを向いた。

家康は駿河にいたとき、のちに今川家の軍師になる雪斎《せっさい》という僧侶から多くのことを教わった。日の本の長い歴史や武将たちの栄枯盛衰を、史実をひもときながら聞かされて大きくなったのだ。

「人々が織り上げる歴史というものは、最後には正しいものが栄え、邪な者は滅びるのでございましょう」

どれほど目を凝らしても雲のあわいに何も見ることのできなかった鱒郎右衛門は、ただそう思って忠吉や四郎に仕えてきた。

雲間の軍勢とはそういうことだと、忠吉には教えられた。だから万軍の列は見えなくても、苦しいまでに律儀を通す家康は、いつか必ず天下を取ると信じることができる。

「世がどのように乱れても、ついには悪がくじかれ善が栄えると、家康公はご存じなのでございましょう」

「ああ、左様じゃの。それゆえの律儀なのであろう」

忠次がうなずいたとき、鱒郎右衛門は大きく息を吸った。

「忠次様のお振る舞いが真の心から出たものならば、その思いはとうに家康公に通じていると存じます」

この世は邪なものではなく正しいものが残っていく。戦国でも邪を拒む家康は、日の本がそういう国だという真実を知っている。

忠次は唇を引き結んで前を向いた。そろって雲を見上げ、二人は家康に遅れぬように足を踏み出した。

九　出奔

一

鳥居元忠は家康と馬を並べて小牧《こまき》山の頂きに立っていた。

小牧山は尾張平野の孤山で、さほど高くはないが辺りを一望できる。信長の建てた城塁が残り、清洲城へは西南にわずか二里である。

尾張の清洲城を本拠とする織田信雄《のぶかつ》が秀吉に兵を挙げたのはこの春、天正十二年（一五八四）の三月だった。信長の跡目を窺う信雄は、秀吉と通じた廉《かど》で重臣たちを惨殺したが、むろんそれは秀吉が仕組んだ濡れ衣である。信雄はその一件で逆に力を失ったのだが、徳川家に助けを求め、それに応じる形で家康は小牧山に陣を敷いた。

「なんとも雄壮な眺めでございます」

元忠はほれぼれと眼前の平野を見下ろした。

小牧山の城塁は二十町余りもあるが、一万を超える家康の軍勢は中から溢れて裾野にまで広がっている。

甲斐の武田家が滅んで二年、家康は切り取り次第になった甲斐、信濃をほぼ掌中にして、残る気がかりは京大坂の秀吉と、小田原《おだわら》の北条《ほうじょう》家ぐらいのものだった。

「父がおれば、どれほど得意満面になっておりましたことか」

元忠は襟にかけた藍色の首巻に手をやった。

父の忠吉は十年ばかり前に亡くなったが、家康が生まれる前からの譜代の家臣で、徳川家の凋落《ちょうらく》の歳月を、ひたすら家康の成長だけを恃みに耐え抜いた。もしも今生きていたら、ここまでの陣立てができるようになった徳川家をどれほど喜んだろう。

「爺ならば、織田家の様変わりにも驚かぬのであろうな」

家康が北の空に目を凝らして言った。

織田家では信長が死んで二男の信雄と三男の信孝《のぶたか》が争い、柴田勝家《しばたかついえ》と結んだ信孝が一年前に敗死していた。後継はひとまず信長嫡孫の三法師《さんぼうし》と定まったが、幼子の下で天下が収まるはずもなく、秀吉がいっきに頭角を現していた。

この一年、信雄は三法師の後見をしてきたが、どうも器量では亡き信孝のほうが勝り、秀吉に手玉に取られる一方である。

「此度のいくさ、殿の目論見《もくろみ》では如何《いか》なるのでございます」

「信雄様が秀吉に勝てるわけがなかろう」

家康は真北の犬山《いぬやま》城に軽く顎をしゃくり、笑い声を上げた。

犬山にそびえ立つあの城は信雄の支城だったが、早々と秀吉方に落とされていた。

「秀吉がこの地へ来るなら、いつまでも相手をしてやるがな。あちらは客戦、こちらは己の領国で城を守るだけじゃ」

家康には三法師の後見人に乞われて兵を挙げたという大義名分もあり、このあたりで秀吉を叩いておくのも無駄ではなかった。

「それより当家は、北条の動きを用心せねばなりませぬな」

「左様。東のほうが気がかりじゃ」

小田原を本拠とする北条家とは武田家の遺領を取り合って、甲斐や上野《こうづけ》で争いが続いていた。家康は北条氏直《うじなお》に娘を嫁がせて和睦したが、この秀吉とのいくさでは氏直の援軍を断っている。名目はどうであれ、北条の軍勢に領国へ入り込まれるのはいい気がしなかったのだ。

その北条との仲を取り持ったのが領国の西を接する信雄だったこともあって、家康は信雄に与《くみ》していた。

「まあよい。北条のことはそのうち数正《かずまさ》に談判させる。数正なら、いずれはうまくまとめるだろう」

家康はこのところ譜代の石川数正を頼りにすることが増えていた。桶狭間の戦いの直後に信長とのあいだを取り持ち、今川家に置き去りになっていた信康を取り戻すことに成功したのも数正だ。

数正はもはや諸国との折衝には欠かせぬ重臣だった。秀吉にも賤ヶ岳《しずがたけ》で柴田勝家を滅ぼしたときに戦勝祝いに遣わしたので、此度のいくさでも最後には数正が動くことになるかもしれなかった。

「ですが数正殿にはこのところ、とかくの風聞もあるようでございます」

「何を申す。数正は今川でも一向一揆でも、儂に従ってくれたではないか」

家康は遠くを眺めたまま目を細めた。今川で人質になっていた幼い日々、家康と元忠は、数正を兄とも思って頼りにしていたものだ。

「左様でございますな。数正殿にかぎって、秀吉と通じているなどと」

「ああ。儂は秀吉など二の次じゃ。当家のあの二人さえ仲違《なかたが》いを止めてくれれば、今はほかに望むこともない」

そう言って家康は小牧山の城塁を振り返った。ここには数正と、同じく譜代の酒井忠次を置き、秀吉への備えにする手筈だ。

「もう今さら悔やんでも詮無いことじゃ。どちらも早う忘れてくれるとよいがな」

力なく頭を下げて、家康は城塁の中へ戻って行った。


それから間もなく大坂を出た秀吉は、三万の軍勢を率いて犬山城に入り、犬山と小牧山のちょうど半ばにある楽田 城《がくでんじょう》に本陣を構えた。

しばらくは睨み合いが続いたが、秀吉の甥《おい》の秀次《ひでつぐ》が、家康の空けた三河を攻めようと軍勢を動かしていくさになった。

だが家康のほうではそれを待ち構えていたから、三河の手前の長久手《ながくて》で激しく鉄砲を撃ちかけた。秀次は這々《ほうほう》の体《てい》で楽田へ逃げ帰り、秀吉があわてて出陣したときには家康はすでに北西の小《お》幡《ばた》城へ引き上げていた。

「たとえ秀吉が十万を率いて来ようと、この地の儂に策がないと思うか。一年でも二年でも大坂を空にして、好きに痩せ細るがよいわ」

いくさ場の城も砦も、家康にとっては自城の櫓を行き来するようなもので、兵も兵糧も自在に調達できた。

一方の秀吉は地の利もない他国で数万の軍勢を差配し、大坂では城普請の真っ最中で、長い補給路を保つのも骨が折れる。焦って徳川勢をおびき出そうとしても、家康が乗るはずはなかった。

五月に入ってついに秀吉は軍を退いた。大坂へ帰る途中、腹いせのように美濃の信雄の支城を踏み潰し、大坂に帰ってからも伊勢の信雄の支城を落としたが、家康は和睦の申し出にも応じなかった。家康にとってみれば小牧山や長久手に陣を張るのも日常の備えにすぎず、秀吉が動いてから兵を増やせば十分だった。

だが十一月になると信雄がとつぜん秀吉と和睦した。信雄の北伊勢などと引き換えに犬山城が秀吉に渡され、信雄は秀吉に人質まで出した。信雄の領国は尾張だけになったから、織田の跡目からいっきに秀吉の一武将へ落ちたのだ。

「信雄というのは、やはり浅はかな男じゃな」

広間でその知らせを聞いたとき、家康は呆れて鼻で笑った。

信長の子としてぬくぬくと生きてきた信雄は、長いいくさにただ飽きたのだ。恃みの重臣たちは秀吉の策略で殺してしまい、小牧長久手の戦いでは自城ばかりを次々に失った。

もとから天下を窺う知恵も忍耐もなく、信長の遺子のなかでも出来が悪かった。織田家の後見人の己が人質を出すとはどういうことか、その意味が何も分かっていないのだ。

もはや織田家の権威は地に落ちた。このさき秀吉は、豊臣《とよとみ》の名で天下をほしいままにできる。

「これは戦勝祝いに参らねばなりますまい」

数正が言ったとき、家康は肩をすくめた。すぐそばで酒井忠次が大きな舌打ちをしたが、家康はかまわずに微笑を浮かべた。

「当家は信雄様に泣きつかれたゆえ、やむなく旗を揚げたのじゃ。ご両所が手打ちとは目出度《めでた》いかぎりじゃの」

家康は数正と忠次に上洛を命じ、浜松へ帰陣した。

師走になると雨が続き、浜松城の広い馬小屋も板塀に一面、泥が撥ねていた。雨は降っては止みを十日近く繰り返していたが、元忠はその合間をぬって、於義丸《おぎまる》が家康に拝領した栗毛《くりげ》馬のたてがみを梳《す》いていた。

於義丸は十一になる家康の二男で、信康が自刃した今では徳川家の継嗣である。それが先だって信雄と秀吉が和睦した後、秀吉の養子として大坂へ行くことになり、出立の日が近づいていた。

元忠が栗毛を軒下へ引いて戻ろうとしたとき、ぬかるみの向こうから数正がやって来て笑いかけた。

「御出立までは日もあろう。今洗っても、また汚れるのではないか」

数正は万事に気遣いができる細やかな質で、そう言いながら栗毛の首を優しく撫でた。

「足首が白いゆえ、泥が染みてはなかなか落ちぬと思いましたので」

「そうか、さすがは忠吉殿のお仕込みじゃの。よう気がきくものじゃ」

そのとき後ろで人の気配がした。

「元忠はずっと人質に出されて大きゅうなったのじゃ。忠吉殿のお躾《しつけ》ではあるまい。人質にされて、どれほど苦労したかと少しは気遣《きづこ》うてやれ」

譜代筆頭の忠次だった。数正より五つ六つ年嵩の還暦間近で、恰幅のあるぶん押し出しも強かった。

数正と忠次は寸の間、険しい顔で睨み合った。

この二人はいつからか家中でも噂になるほど仲が悪く、家康が小牧山で気にかけていたのもこの二人のことだった。

「小牧長久手ではあれほどの勝ちを収めたというに、なにゆえ於義伊《おぎい》様を人質に出さねばならぬ」

「忠次はまた、埒《らち》もないことを申す。於義伊様は人質ではない。秀吉公が望まれたゆえ、養子になられるのじゃ」

「おお、それこそ笑止。なにゆえ殿のお血筋を秀吉などにやらねばならぬ」

だがそれは信雄が自ら使者に立ち、乞い願ったからだった。

数正は口ごもり、忠次が煩わしげに顔を背けた。

「すべて、おぬしの談判が拙いゆえではないか。そもそも小牧山でも、殿に和睦などを説きおって」

忠次は乱暴に栗毛の轡を引き寄せた。数正になど触らせるかというやり方だった。

いったいにこの二人は長く苦楽を共にした間柄であるにもかかわらず、小牧山で陣を並べてからは互いにまともな口もきかぬようになっていた。そこへ信雄が秀吉と和睦した途端、於義丸を養子に出す話が降って湧いたため、秀吉と折衝した数正を裏切り者呼ばわりする忠次のような家士は多かった。

だが数正はこれまで数々の交渉事を成就させてきた。かたや忠次は武田信玄が南下してきた折に談判をしくじり、信長の死後は甲斐の国人衆を懐柔しようとしてやはりつまずいている。だから交渉の巧みな数正が養子というからには、於義丸はやはり人質ではない。

そのことは忠次も分かっているはずだから、二人にわだかまっているのは結局、信康の一件だろう。

互いに言ってはならぬことがあると案じつつ数正を見た。その額に青筋が立っているのに気づいて、元忠はいやな胸騒ぎがした。

「おぬしに儂の談判が拙いなどと、ようも言えたものじゃ」

数正は握りしめた拳を震わせていた。

「儂がどれほどの際どいやりとりで、信康様を取り返したと思うておる」

「信康様じゃと?」

忠次が即座に問い返した。

桶狭間の戦いで今川に取り残された信康は、数正が人質交換で連れ戻したが、のちに信長に命じられて自裁している。

数正は怒りに猛《たけ》る目で忠次を睨みつけた。

「あの折、おぬしは信康様を見殺しにしたではないか」

「なんじゃと」

元忠が割って入ろうとしたが、数正が押し戻した。数正は信康を取り返してからずっとその後見人をつとめていたから、喪《うしな》った悲しみも一入なのだ。

「なぜ儂に徳姫様の文を持たせなかった？　もしも儂がおぬしの代わりに信長公のもとへ行っておれば、信康様をむざむざ死なせることなどなかったのじゃ」

忠次が太刀の柄に手をかけるよりわずかに早く、元忠はその右手を押さえこんだ。

「数正殿、お止めくだされ。信康様のご切腹で忠次殿がどれほど苦しまれたか、わが家中に知らぬ者はおりませぬ」

元忠は両手を広げ、二人を押し分けた。

信康の妻は徳姫といい、信長の娘だった。だが信康が切腹を命じられたのは、徳姫が信長に讒訴の文を送ったからだと言われている。そこには信康が謀反を企てたと書かれており、その文を信長へ届けたのが忠次だったのだ。

徳姫に命じられて安土城へ行った忠次は、信長に文の中身を糺《ただ》された。

そのときの返答が上手くいかず、謀反の疑いが晴れずに信康は腹を切った。

「数正こそ、此度もまた信康様のときと同じではないか」

「忠次殿、そこまででございます」

元忠は今度はあわてて忠次の前へ出た。信康の一件はこれ以上蒸し返しても、誰もが辛くなるだけだ。

しかも家康にとってこの二人は、今川での人質の日々をかばい合って過ごしたかけがえのない家士なのだ。譜代の家士がことごとく家康に背いた一向一揆のときも、忠次は身内と縁を切り、数正は改宗してまで家康の下に残っている。

だが直情な忠次は手を上げるのを堪えるのが精一杯で、言葉までは気が回らない。

「信康様が亡くなられて唯一得をしたのはおぬしではないか。そうであろう、おぬしは信康様の後に座って、うまうまと岡崎城代になりおった」

焼け太りじゃと、忠次は吐き捨てた。

「此度もおぬしは、於義伊様を渡して秀吉に褒美を貰うのではないか。忠節《ちゅうせつ》一途の岡崎衆が、そのような噂が立つだけでも恥と知れ」

忠次は馬の轡を叩きつけると背を向けた。

二人が去った後も、馬はいつまでも小さく首を振っていた。


師走の十二日、数正たちを供にして於義丸は上洛の旅に出た。数正の子や、本多重次《しげつぐ》の嫡男が小姓として同道していた。

千人からの供を連れた於義丸は、河内《かわち》へ着くやいなや秀吉から一万石の知行を与えられた。幼い主従だけで生国を出され、帰る城さえなかった家康に比べれば、於義丸はたしかに養子となったのだった。

於義丸が大坂へ入ると、秀吉はしきりと家康に上洛をすすめてきた。互いに旧主、織田家を思っていくさをしただけで遺恨はないと言うのだが、家康は耳を貸さなかった。

しびれを切らした秀吉は、妹の旭《あさひ》姫を嫁がせると言い出した。

家康は旭姫の出迎えに家臣を送ったが、それが有力譜代でないことに秀吉は腹を立てた。

秀吉が徳川の重臣を籠絡するつもりなのは見えていた。だが家康は意にも介さず、ならば譜代が行ってやれと穏やかに言った。

――家士がおらぬとは不憫じゃな。

新しい使者として本多忠勝《ただかつ》が出立した日、家康は見送りながらそうつぶやいた。

――譜代の家臣も持たずにあそこまでなるとは、秀吉というのは大した男じゃ。だが家臣どころか碌な跡目も持たぬとなれば、あれでは次は治まらぬ。

そのとき元忠は、小牧長久手で大軍を率いていながら逃げ帰った秀吉の甥を思い出した。

秀吉の跡継ぎとなればその秀次しかないが、家康は於義丸を養子に出しても、まだ三男も四男もある。

――婚儀の返礼には、また別の者を出してやろう。

次は榊原康政《さかきばらやすまさ》を遣わすことに決めた家康は、自らの譜代の数を誇るというより、秀吉の寂しさを深く思いやるような顔をしていた。武将にとって家臣とはそれほど得難いものだが、ふと数正のことを思ったのかもしれなかった。

秀吉がついにはその母を人質によこしたので、家康も重い腰を上げることにした。

小牧長久手で於義丸を養子にしてから二年が経ち、秀吉は関白になっていた。

二

天正十八年（一五九〇）の夏、元忠はぼんやりと石に腰かけて、岩槻城《いわつき》の搦手に夕日が落ちて行くのを眺めていた。

岩槻城は関東を支配する北条氏の支城の一つで、ここはもう下総《しもふさ》にも近い武蔵国《むさしのくに》である。

元忠は家康に従って秀吉の小田原攻めに同道し、東海道から相模《さがみ》を経てこの地へやって来た。小田原城では北条氏の籠城が続いており、先に関東の諸城を落として本城を開かせる算段になっていた。

この岩槻城でも城主は小田原城に籠もっていたが、三日がかりで今日ようやく城門を開かせた。家康は明ければ五十という節目の歳だった。秀吉に乞われて上洛してから四年の歳月が流れ、此度は秀吉の諸侯の一人として早くから小田原攻めに加わっていた。

北条氏は鎌倉幕府の執権、北条氏の後継として関東一円を支配下に置いていたが、降《くだ》ればその領国はすべて家康に譲られることになっていた。

あとせいぜい、ひと月だ——

元忠は岩槻城の曲輪が作る影を眺めながら、小田原城に残された日数をそう読んでいた。

北条氏は秀吉に降るかどうか長々と迷ったあげくに戦うことを決め、三十万近い軍勢で領国へ攻め込まれた。周辺の城を次々に落とされて包囲を狭められているから、籠城といってもいつまでも保つものではなかった。

伊達《だて》や最上《もがみ》といった東北の諸侯も今や我先に秀吉の下に降り、あとは北条が敗れれば天下を統一するのは秀吉だった。

家康は小田原領分の関八州を譲られ、百万石の大名になるが、三河に駿河、遠江、さらに甲斐、信濃の五国は秀吉に渡さねばならない。いわば領地替えで、関八州といっても実際は六国半ほどしかなく、新しく移ってきた徳川家には従わない国人衆も出てくるかもしれなかった。

奥の国にもせよ、百万石の領地があれば上方に上るのは容易《たやす》いことだと家康はあっさりしたものだ。だがこのまま秀吉の支配が固まれば、そうもいかなくなる。

——天下の行方など、運命じゃ。人が足掻いてどうこうなるものではない。

家康はそう言って機嫌よく関東へ移ることを承諾したが、ここまでの大大名になって、それで双六《すごろく》の上がりというわけにはいかない。父の忠吉が疑いもしなかったように、元忠もまた天下を取るのは家康しかいないと信じている。

「父上が雲間に見ておられた軍列は、これで終いではございますまいの……」

元忠は夕空を見上げてつぶやいた。

忠吉も死んだ弟も、夏の入道雲のあわいに幾度も天下人となった家康のさまを見たという。だが元忠だけは見たことがない。

もしも忠吉の見た幻が真なら、あの空に今すぐ家康の万軍の列を見せよ——

元忠は力の入らない手のひらを握りしめた。

「家康公は、軍制を改めなさったのですな」

背後から低い声がして元忠が振り向くと、ちょうど一人の武者が馬から下りて来た。

元忠は目を凝らして、あっと立ち上がった。石川数正だった。

数正は於義丸が秀吉の養子となった明くる年、突如として出奔し、秀吉の臣下になった。父祖幾代にもわたって譜代で来た岡崎衆には珍しいことで、元忠はもちろん家康も、その真の理由は今もよく分からない。

「隣に座ってよいか」

元忠がうなずき、二人で並んで石に腰かけた。

数正と最後に会ったのは家康に従って上洛した天正十四年（一五八六）の十月だから、もう四年ほど前である。

この小田原攻めに加わっているとは聞いていたが、三十万という軍勢の中で細い幟を遠目に見ただけで、もちろん言葉を交わしてもいなかった。

元忠は隣の数正に弱々しいため息をついた。

「徳川の陣立てを知り尽くした数正殿に寝返られたのじゃ。真っ先に改めねばならなかったのは当然でございましょう」

数正が秀吉に走るなど、まさに寝耳に水のことだった。

あのときの家康のうろたえぶりを思い出すと、元忠は今でも怒りが湧いてくる。

数正は於義丸の供をして上方へ出かけ、その前後も秀吉と関わることが多かった。それで秀吉に籠絡されたのだとも、破格の禄高《ろくだか》に目がくらんだのだとも言われていた。

実際に数正は今、河内国で八万石を与えられている。

「我らは江戸へ参ることになりましたぞ」

元忠は吐き捨てるように言ったが、数正は冷めた顔でじっと前を向いている。

「忠次は隠居したのじゃな」

元忠は黙ってうなずいた。

忠次はおととし嫡男に家督を譲り、眼病を患って京で暮らしている。

「彼奴は息災か」

「それは数正殿のほうがお詳しいのではござらぬか」

元忠はつい顔を背けた。

忠次は今も家康の譜代筆頭で、京にいる。秀吉が策を弄して家中に引き入れようとしているのに違いないが、家康をはじめ、誰一人それを危ぶんでいる者はない。

徳川家では数正のことがあってからもずっとそうだ。

「元忠ならば存じておろう。儂と忠次は犬猿の仲じゃ」

「そう仰せになるわりには、忠次殿のことが気がかりのご様子ではないか」

今日は大勢の家士を失い、つい元忠も投げやりになっていた。それほど数正が秀吉の下に走ったことが悔しく、未だに諦めがつかなかった。

しばらく二人とも、ただ無言で岩槻城が橙《だいだい》に染まっていくのを眺めていた。

「なにゆえでござる」

きっと数正とはもう話すこともないだろう。それならどうしてもそのわけが聞きたかった。

「我らが上洛したとき、それがしの物言いが不快でござったか」

「我ら……」

数正がふと羨ましげに目を細めたような気がした。だがそんなものは元忠の感傷だ。

数正が出奔したちょうど一年後、家康は秀吉の妹を妻に迎えた挨拶に大坂へ行った。秀吉からは人質としてその母が岡崎へ遣わされており、上洛の道々でもたいそうな歓待を受けた。

大坂へ入ったその夜も、夜陰に紛れて秀吉が単身家康のもとを訪れた。そのとき大坂城では臣下の礼を取ってほしいと外聞もなく頼まれたので引き受けた。

ただそれだけのことだ。家康は一度も負けなかったし、大坂では秀吉の顔を立ててやったにすぎない。

だがあのとき、秀吉の城の広間には数正がいた。

岡崎を出立したときからむしゃくしゃし通しだった元忠は、つい秀吉に応じる形で数正に言い放った。

秀吉が元忠に官位を推挙しようと持ちかけてきたときだ。

——それがしには関白殿下に出仕する器量などございませぬ。わが鳥居家は万事粗忽《そこつ》の三河譜代者にて、外に主を取らぬ筋目でござる。いっときの栄華で旧恩を忘れるなど、人の道にもとりまする。

秀吉はただ笑ってうなずくのみで、家康のほうが数正に気遣わしげな目をやっていた。

それが元忠にはいよいよ不愉快だった。たとえ何十万の敵に囲まれても逃げおおすのは雑作もない、討ち死にするまで主の下で戦うほうがよほど難しいと、大見得を切った。

それほどあのときは数正の寝返りに腹が立っていた。家康が下段などに座っているのも、すべて数正のせいだという気がした。

「それがしは未だに得心がいきませぬ。なにゆえ数正殿ともあろう御方が、秀吉の下に」

恩賞などに目がくらんだはずがない。

忠次とどれほど諍いをしていようと、家中でどんな風聞が立とうと、家康は数正を信じきっていた。だからこそあれほど力を落としたのだと思うと、元忠は家康が憐れでならない。

秀吉は赤子が玩具を欲しがるように、天下天下となりふり構わず、手練手管を弄して家康の家士たちを引き抜こうとした。

だがそれに乗る譜代がいるとは、家中の誰も考えたことがなかった。

かつて落魄していた忠吉の時分ならば、その道を選ぶ者が出るのも仕方がなかった。けれども家康が天下を目前にして、食うに困ったわけでもなく、なぜそんな真似ができたのか。

「天下を取るのは秀吉じゃと、数正殿はわが殿をお見限りあそばしたか」

父の忠吉が雲のあわいに見た軍勢は、天下人になった家康の姿だ。

この小田原へ幾万という軍勢を率いて来ても、その軍列がどれほど美々しくても、それは家康の極みの姿ではない。

元忠にはもう分かっている。これほど己が苛立っているのは、なまじ現下の軍勢が父の見た幻に似ているからだ。あと一歩のところで家康は天下を取らぬのではないかと、このところの己が諦めかけているからだ。

元忠は数正ではなく、ただ己に腹を立てている。

そのとき数正が深いため息をついた。

「おぬしは忠吉殿から、雲間の軍勢の話を聞いておらぬのか」

元忠が驚いて振り向くと、数正はそっと笑みを浮かべていた。

「関白には幕府など開けぬではないか。武家の棟梁《とうりよう》になれるお血筋ではなかろう。ならば天下は、関白の下にはとどまらぬ」

「幕府、ですと」

元忠は考えたこともなかった。

関白は帝《みかど》を補佐して政を行う公家《くげ》の職で、幕府となると帝に認められて自ら諸国を支配する武家のものだ。

秀吉は豊臣という平氏の姓を名乗ったが、鎌倉幕府も足利幕府も、信長も家康も清和源氏である。

だが数正がそう考えたのなら、秀吉の配下になったのはいよいよ不可解だ。天下を取るのが秀吉だと思ったからこそ、数正は出奔したのではないか。

「それがしには、もとから父の幻など見えたことがございませぬ」

元忠は堪《たま》らずに立ち上がった。身体はまだ石のように重かった。

そのまま黙って行こうとしたときだった。

「待たぬか。儂は忠吉殿が雲のあわいに見ておられた軍列は、まさしく天下人になられた家康公のお姿じゃと思うておる。ゆめ、忠吉殿の話を疑ったことはない」

「何を仰せになる。ならばなにゆえ」

「徳川家が天下を取ると信じたゆえ、儂はその下を離れたのではないか」

元忠は足を止めて振り向いた。

数正は悲しげにこちらを見上げている。

「儂には忠吉殿の申された万軍の列など見えぬ。だが忠吉殿が見ておられたことを疑《うたご》うたことはない」

「ならば……、いつでござる」

数正はいつ、家康の下を離れることに決めたのか。

数正は顔を背けた。

「於義伊様が関白殿下の養子になられたときじゃ。家康公が於義伊様を養子に出されたゆえ、儂は家康公の下を去ると決めたのじゃ」

小牧長久手のいくさが終わった天正十二年、於義丸が千人の供を連れて上洛の旅に出た師走の朝だったという。


元忠の申すように、関白は信長公が死んでから、天下天下と見さかいがなくなった。

むろん武士と生まれたからには、誰もが天下人にはなりたかろう。人を駒のように動かし、領国を思うままに差配してこそ、生きる喜びは尽きせぬものじゃ。

ましてや関白には城を継がせる我が子も、報いてやりたいほどの家臣もおらぬ。己一代の夢で終わると分かっておればなおのこと、天下が欲しゅうてならぬのであろう。

関白はいくさも巧みで軍勢も強大じゃ。殿には幾度も関白と和睦なさるように説き、ついに容れられなんだ。それを不満に思うたと儂のことを言う向きもあるようじゃが、まさかそのようなことで上方へ走るわけもない。

家康公はいずれは天下をお取りになる御方じゃ。儂はそれを疑うたことはない。あれほど智慧《ちえ》深く、家士を大事になさる御方もあるまい。この日の本の先の先まで、広くはるかに見渡しておられるのは、あの御方をおいてない。

関白はのう。譜代の家臣がおらぬゆえ不憫であろう。ようやく授かった世継ぎもしょせん赤子なれば、安寧に導きたいというのも、それはただ親が等しく子に抱く思いにすぎぬ。

関白はひたすら天下に執着する、己の強い念だけが拠りどころじゃ。儂は関白と話すたび、それが憐れに思えてならなんだ。

執着というのも、あれほどになれば潔い。家康公に臣従を望むあまり、妹を夫婦別れさせて嫁がせ、母親まで人質に出した。於義伊様とて人質に取るどころか、乞うて乞うて養子にした。

我が子といい譜代の家士といい、家康公には幾人あることか。

それにひきかえ関白は、あれだけ策を弄して手に入れたのは、於義伊様とこの儂のみであったろう。

その於義伊様はのう。忠次などは人質じゃと息巻いておったが、どこが人質なものか。

家康公がまだ竹千代君でおわした時分、今川へやられたときは、岡崎の出方一つで明日の命をも知れぬお立場であった。父君の広忠公は泣く泣く、竹千代君は死んだものと諦めると仰せあそばした。そうせねば竹千代君はおろか、岡崎そのものが踏み潰される苦難のときであったゆえ。

のう元忠。今川でともに過ごした我らじゃ、人質の暮らしがどのようなものかは存じておろう。

忠吉殿は歯を食いしばって今川の横暴を堪えたが、それでも竹千代君がご無事かどうかは知る由もなかった。たとえ主が殺されかけても家臣は馳《は》せ参じることもできぬ、人質とはそのような御身の上を申すのじゃ。

ああそうじゃ、於義伊様が人質などであるものか。

家康公には小牧長久手のあと、関白に人質を出さねばならぬ弱みなど毫もなかった。関白が頼む頼むとひたすら頭を下げるゆえ、ほだされて於義伊様を差し上げなされたのよ。

そう、差し上げた。信康様亡きあと、徳川の家を託すべき世継ぎの君をな。

小姓として於義伊様に従ったのは儂の子に、本多重次の一粒種か。

あれは我が子を目の中に入れても痛《いと》うないほど可愛がっておるのであろう？　奥方は忠吉殿の娘御ゆえ、そなたにとっても甥じゃの。

いやいや、あの大坂城での謁見を恨んでおるのではない。あれはおぬしらにしてみれば当然至極。非などない。

だが重次は己の子を取り替えてしもうたではないか。たしか病の母親を見舞わせたいと申して呼び戻し、於義伊様のもとへ返すときは別の子をよこしおった。

於義伊様は父君ばかりでなく、家臣にまで捨てられたのじゃな。

重次とて、於義伊様がかつての竹千代君のような人質であれば、我が子を取り替えたりするものか。

於義伊様のお命が危ううなれば、小姓など真っ先に殺される。我が子いとしさに他人の子を差し出したとなれば、重次とて恥ずかしゅうて、太刀など下げて歩いてはおられるまい。

それゆえ重次はの。於義伊様がそのような危うい目に遭うことはない、それが分かっておるゆえ、あのような真似をしたのよ。

重次も家康公譜代ゆえな。可愛うてならぬ我が子は、是が非でも徳川に仕えさせたかったのであろう。於義伊様の信を得て、行く末、恃みとされる於義伊様の家士の道ではなく、家康公のもとで、この徳川で生きる道を歩ませたかったのであろう。

そうじゃの。儂は重次が子を取り替えたとき、もはや迷うておる刻はないと思うた。関白などどうでもよい、於義伊様を守るために大坂へ参るほかはないと決意したのじゃ。

儂はの、元忠。儂はずっと信康様の後見人をつとめておったろう？　儂はあの御方こそ、家康公の跡継ぎに相応しい御方じゃと思うておった。

それがあのようなことになり、いっときは忠次を憎んだのも真実じゃ。家康公のご落胆ぶりを目の当たりにして、二度と前のように恃みにしていただけぬことも身に沁みた。その悲しみがあったゆえ、儂は振り返らずに三河を去ることができた。

だが儂の悲しさよりも、於義伊様じゃ。於義伊様は父君に捨てられた。

異なことをと、元忠も申すのか。人質に出されたわけではない、於義伊様は歴《れっき》とした関白の養子ではないか、と。

そうではない。人質ならぬ養子であったことこそ、於義伊様が捨てられた何よりの証なのじゃ。家康公は於義伊様に徳川の跡目はお継がせにならぬ。豊臣なり他所なり、好きに継ぐがよいと思われたゆえの仕儀であろう。

人質ならば構わぬ。御家が弱小ゆえ強い者のもとへ出されるのは戦国のならいじゃ、致し方あるまい。だが於義伊様は家康公御自らが養子に出された。徳川の跡目はやらぬ、他所を継げとな。よいか、元忠。徳川家はいつか天下を取って幕府を開く、ただ一つの御家じゃ。ならば家康公の跡目はそのまま征夷大将軍であろう。

この世にただ一人、誰の風下に立つこともない世継ぎの君が、たとえいっときでも他家の武将になったということは、二度と将軍家には戻れぬということだ。

於義伊様はの、元忠。下総の守護職だった結城《ゆうき》家の姫をめとられ、跡を継がれることに決まったわ。結城家など、今すでに徳川家の相手ではなかろう？

そうじゃ、その結城家に入られる於義伊様が、さきざき徳川家に戻られるはずがない。将軍になる者が他家を継いでおったなど許されぬ。

家康公が天下を取られると信じればこそ、於義伊様が徳川家に戻られる道はない。於義伊様ほど憐れな御方があるか。

それゆえ儂は徳川家を出た。於義伊様の譜代になろうと思うた。後見役でありながら信康様を守れなかった、もう二度とあのような悔いは味わいとうはない。

もしも忠吉殿がおわせば、儂と同じ道を選ばれたであろう。

今の徳川に、かつて竹千代君の御無事をひたすら祈った、それと同じ思いで於義伊様の帰りを待つ者などおろうか。

だからこそ儂はその一人にならねばならぬ。かつて忠吉殿が竹千代君を待たれたように、儂だけはどこまでも於義伊様のお味方をせねばならぬ。

それが信康様をむざと死なせた儂にできる、唯一のことゆえな。


天正十八年（一五九〇）七月、小田原城が開城すると、最後まで抗っていた忍城《おしじょう》もついに諦め、北条氏は滅んだ。

八月になって家康は京へ戻る秀吉と分かれ、岡崎城でその軍勢を見送った。

元忠は城下で家康から離れ、街道をしばらく馬で歩いて行った。

数え切れぬほどの諸侯の幟が立ち、その中央を秀吉がゆっくりと進んで行く。秀吉は鎌倉では鶴岡八幡宮《つるがおかはちまん》に詣で、名実ともに天下人になったと諸侯に知らしめていた。

秀吉の軍勢は、先鋒が街道の先に消えてからも殿軍はまだはるか後ろに続いている。

元忠はしぜんに数正の手勢の脇を歩いていた。数正と馬を並べ、長く黙っていた。

秀吉が帰れば、これから家康が本拠とするのは北条家の隠居所に使われていたぼろ城だ。江戸城というその城には深い空堀に縁取られた外城と中城があり、手のひらに載るような子城が本丸と呼ばれている。式台には船板を重ね、辺り一面は葦の原だ。

徳川家は父祖代々耕してきた土地を、ついに秀吉に奪われるのだ。

「我らが江戸へ移る折は、この半分も旗は立っておりますまい」

つい元忠が顔を俯《うつむ》けたとき、数正が肩に手を置いた。

「まだ道は半ばではないか。忠吉殿の意気を、そなたは決して忘れるな」

大らかに笑った数正の顔に、忠吉の面影が重なった。

——儂もいつか朔日にの、大きな国に入ってみせる。その国にはやがて日の本一の城が建つ。

数正は元忠の襟元に腕を伸ばして微笑んだ。

「元忠も忠吉殿の首巻がさまになってきたではないか。いつか必ず、家康公の軍勢はこれをはるかに凌ぐゆえな」

さあ行けと、数正が元忠の胸を押した。

元忠はうなずいて家康の下へ駆け戻った。

秀吉について数正の軍勢がゆっくりと三河を離れて行く。それは忠吉が幾度も語って聞かせた、大河にも似た行軍だ。

「儂が悪かったかのう」

元忠が隣に並んだとき、家康がつぶやいた。

「於義伊を関白にやると決めたとき、ついくさくさして、つまらぬことを口にしたのだ」

——秀吉には譜代がおらぬからな。どうじゃ、忠次か数正か、なってやれ。

あの時分、数正と忠次は諍ってばかりいた。兄どうしの喧嘩を見るようでうんざりしていた家康は、つい心にもないことを言ったのだ。

「それが真実、行ってしまうとはの」

数正を追う家康の目がわずかに潤んでいた。

元忠は家康から目を逸らし、数正の姿を捜した。

はるかな数正の手勢が山の陰へ入りはじめたときだった。中央の馬が止まり、その背から侍が飛び下りた。

その侍がたしかにこちらを向いた。その目はしっかりと家康を捉えているようだった。

侍は地面に手をつくと深々と頭を下げた。

「数正……」

侍がふたたび馬に乗って行ってしまうまで、家康はじっとその姿を見つめていた。

十　雲のあわい

一

慶長《けいちょう》五年（一六〇〇）元日、鳥居元忠は家康に新年を賀するため、大坂城西の丸に登った。この城は半里四方の惣構《そうがまえ》に大名屋敷や町家まで置いた巨大なものだが、建てた太閤《たいこう》秀吉はすでに亡く、ようやく八歳になった継嗣の秀頼《ひでより》が母の淀君《よどぎみ》とともに暮らしていた。

家康はその後見役として五大老筆頭をつとめ、昨秋から西の丸に留まっている。大広間にはすでに諸侯が並び、本丸に暮らす秀頼母子よりはるかに多く集めていることは明らかだった。

「殿にはご健勝にて新年をお迎えあそばし、祝着至極に存じ奉ります。今年は殿にも格別の一年となりましょう」

元忠は家康に代わって伏見《ふしみ》城を預かり、昨日は大晦日《おおみそか》の喧騒をよそに、ゆっくりと川船を使って大坂までやって来た。茶屋四郎次郎の別邸で一晩を過ごし、今朝は衣服をあらためてきたが、上には父忠吉の形見の藍染めの首巻をしていた。

「元忠まで堅苦しい挨拶は抜きにせよ。全く思いがけぬことで伏見へ帰れず、そのまま年を越さねばならぬとは」

家康が苦い顔をしてみせたので、元忠は笑みを隠して頭を下げた。

今時分、つい目と鼻の先の本丸では淀君が幼い秀頼をかかえ、こちらの権勢にさぞ悔しがっているだろう。だがすべては天が決めたことだ。

かつて家康が言ったように、天下の行方には人智を超えた運命の力が関わっている。桶狭間で信長の下に転がり、本能寺であっけなく秀吉に渡ったかに見えた天下は、ついに家康の手の内で留まるのだ。

六十二になった元忠は、今年が家康にとって大きな節目になると確信があった。

昨年の三月、家康は江戸から大坂へ上った。ともに秀頼の後見をつとめていた前田利家《まえだとしいえ》を見舞ったが、その翌月、利家はみまかった。

その少し前から秀頼をないがしろにしていると各所で詰《なじ》られていた家康だったが、あれでもう気兼ねの相手はなくなった。ここまで来たからにはあと一歩、家康には何がなんでも天下を取ってもらわねばならない。

ちょうど家康が大坂へ入った前後から、秀吉子飼いの石田三成《いしだみつなり》たちが家康を襲うという噂が流れていた。そうして利家が死んだ明くる日、その三成が加藤清正《かとうきよまさ》らに襲われたと言って家康のもとへ逃げて来た。清正たちは三成の専横を憎んでいたのだが、あれで秀吉の家臣どうしの決裂は日の本中に知れ渡り、家康は両者の仲を取り持つ名目で伏見城へ入ることになった。

それからわずか半年、家康が重陽の節句を祝うために大坂城へ登り、秀頼母子に対面したときだ。今度は三成が家康の帰りを待ち伏せにするという風聞が立って、家康はそのまま大坂城にとどまった。

以来、家康は西の丸で秀頼の後見を始めた。秀吉の建てた大坂城が天下一の城だというなら、家康はその西の丸まで来たことになる。

「殿はすでにお聞き及びでございましょうか。前田家の皆様方は、江戸にてたいそう機嫌よくお過ごしの由。これもまた祝着に存じます」

元忠が広間に声を響かせて言うと、家康も満足げにうなずいた。

加賀《かが》の前田家では利家が死んだ直後に謀反が囁かれ、家康も一度は加賀征伐を言い出した。だが新しく当主になった利長《としなが》が懸命に弁明し、母を家康に差し出したことで決着がついた。

あれが堰を切った形になり、諸侯は皆、家康の江戸に継嗣を置くようになった。まだ豊臣家に多少の遠慮はあっても、諸侯が息を詰めて見守るのは家康が食指を動かす先なのだ。

家康は上段で大げさにため息をつき、疲れたように脇息に肘をついた。

「残る気がかりは会津《あいづ》の上杉景勝《かげかつ》であろうの」

「いかにも左様でございますな」

元忠も大きくうなずいて家康の芝居につきあった。

家康はすでに五十九で、さすがにもう狼狽《うろた》えることも慌てることもなくなった。たぶん小牧長久手の戦いのあと、秀吉の猿芝居に乗って臣従してみせたときから、家康には律儀で押すばかりではない柄の大きさが備わったのだ。

今、家康が言った上杉景勝は会津で百二十万石を領する五大老の一人で、前田家が家康の下に入ってからも、こちらになびく素振りを一切見せていなかった。そしてどうやらいくさの構えらしいと、ひと月ほど前には知らせも届いていた。

「会津でとかくの動きがございます上は、殿にはどうぞ、身辺いよいよお大切にあそばしますように」

作法通りに頭を下げて、元忠はそのまま広間を辞した。

廊下へ出るとき元忠は首巻をわずかに緩めて後ろの気配を窺った。

家康もすでに武田信玄が天下を目指した年を過ぎている。今年こそ家康には天下を取ってもらうと、元忠が考えるのはただそのことだけだった。

太閤に任じられていた秀吉が死んだのは二年前の夏だった。秀吉は晩年に子を授かってから箍《たが》が外れたように放埒《ほうらつ》な振る舞いが目立ちはじめ、ついには跡目にしてきた甥を自裁に追い込んだ。

最後は家康たちを五大老、三成たちを五奉行と定め、ひたすら秀頼の行く末だけを案じて旅立った。

そののち家康が五大老筆頭として政を行うようになったのは、後事を家康に託すという秀吉の遺言があったからだ。家康はまずは朝鮮に渡っていた諸侯を呼び戻し、薩摩《さつま》の島津義弘《しまづよしひろ》が決死のいくさに勝って、皆をどうにか日の本へ帰らせた。

秀頼は秀吉の世継ぎとして大坂城に入ったが、戦国を知らぬ幼子が五大老の重石《おもし》となるのは無理なことだった。誰もが次は家康が天下を取ると考え、その下に集まるようになった。もちろんその旗頭は三河譜代の元忠たちである。

その一方で秀吉の家臣たちは、秀吉の威光を振りかざす三成たちと、それを憎む反三成派に分かれていった。どちらも秀頼を奉るのには変わりがないが、家康はしぜん、反三成派の盟主と目されるようになった。

そうして元忠が新年の挨拶をしてから半年、慶長五年（一六〇〇）も半ばにさしかかろうというとき、家康はついに会津討伐を決断した。景勝は秀頼に臣下の礼も取らず、己の領国支配にのみ力を注いでいる。これでは豊臣家の威光も会津に及んでいるとは言い難い――

だがもちろん家康には別の思惑がある。

家康が軍勢を率いて会津へ向かえば、そのあいだに三成たちは大坂城西の丸を奪い返し、十中八九、家康に兵を挙げるだろう。そうなれば家康は、私闘を禁じた秀吉の惣無事令に反した廉で三成たちを堂々と討つことができる。それに勝ちさえすれば、あとはすべて家康のものになる。

六月十六日、こうして家康が大坂を出立すると、諸将はこぞってその後をついて来た。戦国を生き抜いた武将たちは皆、ここが天下分け目になると気づいていた。

その日、家康は江戸へ帰る道すがら、元忠のいる伏見城に立ち寄った。江戸へ着けば正式に上杉を討伐する軍令を発し、こちらに味方する諸侯を見極めるつもりだった。

元忠が伏見城の天守閣から眺めていると、やがて大河のように長い家康の軍列が見えて来た。伏見の町に収まりきらぬその軍勢は各家の幟に幾重にも守られ、家康の周りは三河譜代の旗指物で馬も見えぬほどだった。

「この後の成り行き、我らには聞かせておいてくだされますでしょうな」

伏見城本丸の大広間で譜代ばかりで夕餉の膳を囲んだとき、元忠はそう言って隣の家康に片口を近づけた。

家康は注がれるままに酒を飲み干し、考え深げにうなずいた。

「三成が早う兵を挙げればよいのだがな。江戸へはせいぜい、ゆるゆると帰るつもりじゃ」

元忠と家康は幼い日から共に過ごし、互いの胸の内は言葉にしなくてもよく分かっていた。だが家康には今も昔も、元忠どころではない先を見通す智慧がある。

「江戸へ帰れば、ともかくは会津へ向かわねばなるまい」

「この大軍勢を見れば、上杉は早々に矛を収めるに相違ございませぬ」

父の忠吉が幾度も話した万軍の列は、今のこの家康の姿だったと元忠は思う。それがもう雲のあわいの幻などではなく、元忠の目の前で現の太い濠を越え、辺り一面に広がっている。

家康は手酌で酒を注ぎながら、車座になっている家士たちに目をやった。

「爺はこの儂の姿を、夏空の雲に見ておったかのう」

「左様にございます。この先はいよいよご油断あってはなりませぬぞ」

家康は静かにうなずいた。

「上杉が国境の備えを解かなかったとして、殿には江戸で、そのまま東と西へお分かれになるのでしょうか」

東の会津へ向かう討伐軍と、西へ戻って三成を討つ軍勢だ。

「いや。ともかくはどちらも宇都宮まで行くのがよかろうな」

宇都宮は江戸から下野《しもつけ》へ下った、街道が日光《にっこう》と奥州《おうしゅう》に分かれる要害の地である。

家康はそこで軍勢を会津へ向かう東下軍と大坂へ戻る西上軍とに分ける。東のほうは上杉の押さえに留め置き、自身は西上する軍勢を率いて三成たちに対峙《たいじ》する心づもりだった。

「会津など、数正がおれば、談判でいかようにもしたであろうにな」

「未練を申されますな。数正殿はもうこの世にはおられませぬぞ」

ずっと家康に仕え、小牧長久手の戦いのあと秀吉の下に走った石川数正だ。交渉ごとが巧みで、家康は談判といえばつねに数正に任せきっていたのだが、小田原攻めの数年後にみまかっていた。

家康はちびりちびりと湯漬けをすすっている。

「上杉は宇都宮で押さえておけば十分じゃ。それとも白河《しらかわ》辺りまで行かせるか」

宇都宮から奥州街道を下り、さらに会津に近づくという手も考えられる。

「上杉は動きますまい。それよりも三成はいかがなされます」

「本軍は東海道を行く儂と、中山道《なかせんどう》を行く二手に分ける」

そして中山道のほうを先に出立させる。まだ家康に逆らう国人も多い道中に睨みをきかせ、平らげつつ、美濃で合流するのだ。

「東海道と中山道をそろって軍勢が進むとは、まさに天下一の行軍でございますな」

元忠は血がたぎるのを鎮めて目を閉じた。

この日の本でかつて誰も見たことのない巨大な軍勢が、明日、元忠の伏見城から悠然と出て行く。

「それで、中山道軍の総大将はどなたでございますか」

元忠はつとめてあっさりと尋ねた。

家康と歩を合わせて西に上り、いくさを仕掛けるとなれば、たいそうな手柄を立てることになる。だがじっと宇都宮に佇んで上杉に睨みをきかせているだけでは、せっかくの天下分け目に生まれ合わせた甲斐もない。

家康は後々のことまで思い巡らせ、この天下分け目で跡継ぎを諸侯に明らかにするはずだ。

家康の跡を継ぐのは結城家の養子となった二男の秀康《ひでやす》か、三男の秀忠《ひでただ》か。

「宇都宮は結城家の本城のすぐそばではないか」

家康は存念もなさそうに言った。

秀康が養子に出た結城家は武蔵寄りの下総国を本拠としており、宇都宮には縁戚の城も多い。そこから秀康を美濃まで動かし、あえて秀忠を置くというのも迂遠《うえん》な策だった。

だが家康のことだ。はじめからそこまで考えて、陣をいったん宇都宮まで動かすのではないだろうか。

「では中山道軍は、秀忠様が」

「ああ、そうなるな」

元忠は黙って家康を見返した。家康がこのいくさで手柄を立てさせ、諸将に臨ませるつもりでいるのは秀忠なのだ。

やはり徳川家の跡目は秀忠だ。

——家康公は於義伊様を捨てられたのよ。

数正の声が聞こえてくるようだった。人には抗いようのない運命があり、数正もまたそれを見抜くことのできる武将だった。

家康がこのいくさで天下を取るのが定めなら、会津が不穏で宇都宮に押さえの軍勢を置かねばならぬのもまた定めだったのだろう。それは家康ではなく、天が定めたことだ。

そう思い切って、元忠は静かに頭を下げた。

その夜、元忠と家康は伏見城の本丸でわずかばかりの酒を飲んだ。

北の縁側に座るとちょうど京の方角に天守閣がそびえ、街道に沿って広々とした二の丸が見える。

とはいえこの城を建てた秀吉は関東をつねに念頭に置いていたから、東側には名護屋《なごや》丸をはじめとする十を超す曲輪があった。

平山に建つとはいえ秀吉がずっと居城にしていただけのことはあって、ここなら思う存分戦うことができそうだった。城下はいっとき日の本中の諸侯の屋敷が並び、たいそうな賑わいだったが、昨年の秋に家康が大坂城に移ってからは水を打ったように静かになった。

諸侯は屋敷ごと大坂について動き、今では籠城戦をするのにこれほど相応しい町もないだろう。

「三成が西軍の総大将に担ぐのは、毛利か宇喜多《うきた》でございましょうな」

「ああ、そのあたりであろう」

秀吉が五大老に任じたのは、その二人に家康と利家、あとは会津の上杉である。

三成がどれほど豊臣家の権威を振りかざしても、たかだか近江の佐和山《さわやま》に城を一つ持つ程度の武将に、家康の向こうを張ることはできない。そもそも和して当たり前の豊臣家中ですでに反発されているのだから、大軍を率いるとなれば五大老のいずれかだった。

元忠は徳利《とっくり》を傾け、家康の猪口《ちょこ》にも酒を注いだ。

黒い空を見上げると、黄金色の細い月の前に清らかな雲がかかっている。

首巻を緩めたときその間をわずかに風が通り抜けた。元忠はなぜか唐突に、己は今、たしかに生きているのだと思った。

「殿とはどこへ行くのもご一緒できましたゆえな。これほど報われた一生もありますまいの」

夜空には父や弟の姿が浮かんでは消えた。元忠の父と弟は家康が天下を取ると信じて疑わなかったが、信玄にしたたかに打ちのめされた三方ヶ原の戦いの時分に世を去った。

家康がついに天下に名乗りを上げるときまで生き、万軍の列をこの目で見ることができたのは元忠だけだ。

家康がいっきに猪口の酒を飲み干した。

「どこへも供をしたとは、よう申す。伊賀を歩き通して命からがら戻ったときは、おらなんだではないか」

「あの折それがしがおれば、殿はそれは難渋されましたぞ」

そう言って、どちらともなく猪口を掲げて微笑んだ。

「ですが此度は、ご一緒するわけにはまいりませぬ」

ちらりと家康はこちらを見たが、またすぐに酒を飲んだ。

家康は明日ここを出て、江戸へ戻ればすぐ会津討伐の軍令を発する。

だがそのとき家康が支城として使っていたこの城は、真っ先に三成たちに包囲される。

家康の東軍と三成らの西軍が雌雄を決するのは、たぶん美濃の広大な関ヶ原《せきがはら》の野になるだろう。

でなければ他に、日の本中の諸侯が戦えるほどの場所がない。

だが元忠はそこまでついて行くことはできない。

「それがしはこの伏見城を死に場所といたします。これほどのいくさ場に巡り合わせ、まことに運に恵まれたことでございます」

元忠はこの城で、家康がいくさに備えるまでの日数をかせぎたい。

真実いくさ場が美濃になるなら、江戸から会津へ向かう途上の家康は、関ケ原に着いてみれば陣を敷く地もないかもしれない。陣は高地に置けば相手を見渡すことができ、走り下りるだけで兵には勢いがつく。

この城が長く持ちこたえれば、それだけ家康は好《よ》い場所に陣を構えることができる。

「殿にはどうか、必ずや天下をお取りくださいますよう」

「元忠……」

猪口を置き、元忠が胡座の足を正座に直したときだった。

「儂はもう厭じゃ！」

とつぜん癇癪を起こしたような甲高い声で言われて、元忠はぽかんと顔を上げた。

幼いときから変わらない、鳩のように小さな瞳がさかんにしばたたいて元忠を見ている。

家康は唇を震わせた。

「皆が天下を取れだの、必ずや天下を取るだのと言うて死んでゆく。それがどれほど荷が重いか、そなたは考えたことがあるか！」

家康は厭じゃ厭じゃと激しく首を振った。

元忠はあっけに取られて、家康の頬の肉が左右に揺れるのを見ていた。

「もしも天下が取れなんだら、どうするのじゃ。儂は危ない橋を渡らされて敗れた挙句、あの世へ行っても皆にそっぽを向かれるのであろう。これほど多くの命を預けられて、そのうえ元忠までが儂を置いて先に行くと申すのか」

もう厭じゃと叫んで、家康は猪口を縁先に投げ捨てた。

割れた欠片が縁側まで跳ね返り、家康のつぶらな瞳は今にも涙がこぼれるばかりに潤んでいる。まだ竹千代という名だった幼いときのほうが、ずっと頼もしげな顔をしていた。

そういえば元忠は、年を取れば取るほど竹千代を宥《なだ》めることが増えてきた。そう気がつくと、元忠は可笑《おか》しさがこみ上げた。

「人の一生とは、重い荷を負うて遠い道を行くものでござろう。なにも殿にかぎったことではありませぬぞ」

「分かったようなことを申すな！」

だが元忠はどうにも止まらず、笑って続けた。

「命を知らざれば、以て君子たること無きなり」

家康が隅々まで頭に入れている論語の一節だ。口に出してから思い出したが、たしか全篇の終章にある。まさに生涯終盤の局面にさしかかる家康にはそぐわしいではないか。

「殿が天下人になられたら、この先の日の本そのものが変わるのですぞ」

「何を申しておるのじゃ。すっかり爺に似てきおって」

くすりと笑って、元忠は父の形見の首巻に触れた。忠吉がそうだったように、いつからか元忠も首巻がなければ心許なくなっていた。

「殿は律儀一辺倒で、これまで決して人を欺くようなことはなさいませんでした。我ら家士の働きに報いるために誰よりも辛抱された殿が、最後に天下を手になさる。これからの日の本では、殿の生き方がなにより尊ばれることになるでしょうな」

竹千代を人質に取って岡崎衆を牛馬の扱いにした今川は滅び、信長も叡山《えいざん》を焼き討ちにするような残虐な振る舞いをした。もしも信長が天下人になれば、日の本は力がすべてという国になっていたかもしれない。

だが天下は信長の下にはとどまらず、その焼き討ちで無益な殺生を嫌った秀吉のところへ転がった。

その秀吉は晩年になって朝鮮を攻め、我が子可愛さのあまりに、甥やその妻妾《さいしょう》、幼子に至るまで首を刎ねた。きっとあのとき天は秀吉を見限ったのだ。

世の中がどうなろうと、天は残虐な血をよしとしない。信長の持っていた神がかりの強さも、秀吉の天与の才も、国を治めるにはそれだけでは足りない。いくさを厭い、命を敬い、人の思いに応える実直な心だけが天に通じる。

家康が人の上に立てば、日の本は誠実に、懸命に生きることが尊ばれる国になる。ずっと家康と生きてきた元忠には、そんな天の意思が分かる。

「父は雲のあわいを見上げては、なにゆえおぬしには見えぬのだろうと残念がっておりました」

元忠は笑って月にかかる雲を指さした。

この最後のときになっても、元忠には何も見えない。

——わが竹千代君は大河の如くの、それは大きな軍勢を率いておられる。前も後ろも、果てなど見えぬ長い軍列じゃ。竹千代君の周りには見慣れた三河の旗指物が競うように立っておるわ。他家の幟が幾重にも守る中央で、竹千代君は日の本一の城へ帰って行かれるのじゃぞ。

空を見上げては堪えていた父の儚い夢が、元忠には現のものとなった。

「明日をも知れぬ人質の御身の上であった竹千代君が、諸侯を率いて天下分け目のいくさに向かわれる。そのさまをこの目で見ることができて、それがしに思い残すことなどございましょうか」

元忠がそれを見たと知れば、父はどれほど羨ましがるだろう。

あの父のことだ、今もまだ仏にならずにこの辺りで家康を見守っているに違いない。

――竹千代君は、馬からして他の武将とは格が違うておる。さすがは御大将じゃ、馬の背でのんびりと目を閉じて、居眠りをしておられるわ。

元忠はもう今は、早く父や弟に会いたい。これまで雲間の行軍を見ることのできなかった元忠だけが、現の家康の万軍の列をこの目で見たのだ。

「人質だった時分、父に会いたいなどと思うたことはございませんでした。それが今は、会いとうてなりませぬ。竹千代君の万軍の列をこの目で見たと、大いにひけらかしてやりますぞ。一日も早う会いたいものでございます」

「元忠、早う行かれては困るのだぞ」

しょげた笑みを浮かべて、家康がからかうように言った。

ようやくいつもの家康の顔を見ることができて、元忠もほっとした。

「一つ伺っておきたいのは、島津のことでございます」

薩摩の八十万石に及ぶ大大名だ。秀吉の命《めい》で長く朝鮮でいくさを続け、この上方ではまだ国許からの軍勢も揃っていない。

「あれは、元忠に任せる」

元忠は笑って頭を下げた。

家康とは一心同体で生きて来て、互いの考えは口に出すまでもなく分かっている。島津義弘は日の本一のいくさ巧者で家康も親しかったが、東軍に加われば恩賞は計り知れないだろう。

「儂はの、元忠。そなたにしても爺にしても、この世で会うた喜びより、失う悲しみのほうがはるかに大きいのじゃ」

家康はまっすぐに元忠の目を見ていた。そこに父の忠吉まで映しているかのようだった。

「それでも出会わねばよかったとは決して思えぬ。それが、生きて歩まねばならぬ、人の悲しみというものかもしれぬの」

家康の頰を涙が落ちた。

「儂は、爺の思いに応えたい」

元忠は首巻を握ってうつむいた。

「皆が儂を庇うて死ぬのは辛い。だが元忠には申しておく。儂はもはや、どれほど醜う足搔いても天下を取る。爺らの死を無駄にはせぬ」

忠吉にそう伝えよと言って、家康は思い切るように立ち上がった。

明くる朝、家康が城を出るときの空は門出にふさわしく、まぶしく澄んで内から輝いていた。

元忠の首巻を解きたがるように、心地のよい風も吹いていった。

元忠は大手橋の馬のそばまで家康と並んで歩いた。

「元忠が残らずともよいのではないか」

家康はまだそんなことを言い、辛そうに唇を噛んでいる。

だが家康は城にとどまる者たちの子を連れて行ってくれるから、元忠たちも安んじて見送ることができる。

「それがしがおってこそ、家士はおのおの百人力の働きをしてくれましょう。主とはそのようなものでございます」

元忠は光る空を見上げた。ずっと家康がいたから、元忠もこれまで励むことができたのだ。

家康はもう何も言わず、馬の手綱に手を伸ばした。

四肢が太く、まさに大将が乗る馬だ。忠吉が雲のあわいに見続けた家康の行軍は、今日ここから始まるのだ。

「殿」

家康が黙ってうなずいている。

「最後に一つ、父に頼まれていたことがございます。覚えておいてくだされ」

「なんと、まだあるのか！」

情けない声を上げて、家康がこちらを振り向いた。

半生ずっと傍らにあった、この主の顔を元忠は忘れない。

「阿部大蔵の名を聞いておられましょうか。清康公が亡くなられた後、まだ幼かった広忠公を守り、伊勢まで落ちのびさせた家士でございます」

即座に家康はうなずいた。

家康の祖父、清康は尾張とのいくさに出ていた守山で、行き違いから家士に殺された。そのあと父の広忠は戻る城を失い諸国をさすらったが、そのとき広忠を守って岡崎城まで連れ帰ったのが大蔵だ。

だが清康を殺めた当の家士は大蔵の嫡男だったから、大蔵は己の血を呪うあまりに自らの家を絶えさせた。

「あの折、大蔵には身重の妻がおりました。生まれた赤児は男で、いつか殿が天下を取られたならば名乗り出よと言ってやったとか。その男子がずっと殿に従っております」

「分かった。もしも天下を取れば、家を興させてやればよいのじゃな」

「左様にございます。どうぞ宜しゅうお願いいたします」

忠吉が病の床でまで気にかけていたことだ。

これで元忠はもう何一つ心残りはなくなった。

家康は明るいため息をついた。

「そなたにも爺にも、小言を食ろうてばかりじゃったな。昨夜は天命を知れとまで言われての」

家康は清々しい顔で空を見上げて微笑んだ。

「於義伊のことといい、うるさいかぎりじゃった。そのうえ大蔵の子まで託されては、覚えておられぬではないか」

ふいに家康のつぶらな目に涙が湧き、すっと頬を流れて落ちた。

「忘れてはならぬゆえ、これは儂が貰うて行く」

家康は腕を伸ばすと、元忠の襟元から首巻を奪い取った。

「爺がこれを巻いておった姿は目に焼きついておる。そなたのぶんも、儂の行軍のさまを爺に見せてやろう」

そう言って首に巻きながら、家康はさりげなく頰をぬぐった。

元忠はもう涙を堪えることができなかった。忠吉が夢に見続けた日の本一の行軍を、その褪《あ》せたぼろ布が大将の襟元でともに進むのだ。

「父がどれほど喜んでおりましょう」

そのとき家康が元忠の首に手を回した。

「いつか儂が行くのを、待っておってくれ」

「ときが参れば、お出迎えに上がります。あの世でも、どうぞおそばに置いてくださいまするよう」

しばらく二人は互いの肩に顔を埋めていた。

「殿の読みでは、この城を三成が囲むのはいつ頃になりましょうか」

そう言いながら元忠は顔を上げた。

家康は七月の頭には江戸に着くが、三成たちはすでにもういくさの準備に入っているはずだ。

「殿が会津征伐の軍令を出されるのはおおよそ七月の十日……」

「上方の動き次第だがな」

家康の軍令が上方に届けば、たぶん十日ほどでこの城は西軍に囲まれる。だがそうなって初めて、家康は西軍を討つことができる。

「秀頼様はお出ましにならぬでしょうな」

「ああ。淀君が大坂城から出すはずはない」

元忠は目を閉じた。

軍令が七月十日に出て、それが上方に届くのは十四日だろうか。そうなればこの城は二十四日あたりから籠城戦だ。

「伏見はおおよそ二十四日頃からいくさとなりますな。ちょうどよい、この城は八朔まで持ちこたえてごらんにいれますぞ」

家康は寂しげに首を振った。

二十四日から八月一日までは七日もある。二千にも満たぬ城兵で、関ケ原へ向かう西軍を相手にするのは大ごとだ。

「やはり八朔までは保ちませぬかの」

「元忠のことじゃ。三、四日で落ちるとは思わぬ。だがさすがに八月までは保つまい。足のこともある、そなたには苦しい目は見させとうない」

元忠は武田とのいくさで左足を痛めていた。

だが城を守る戦いなら、他のどんないくさ場より障りがない。

「我らの来し方を思えば、苦しい目ばかり見さされましたぞ。殿は、何を今さら」

「そのようなことを申してくれるな」

家康はまたすぐに泣き顔になる。

「殿。もしも伏見城が八朔まで保てば、わが父の申し条、真実と思し召しくだされ」

いつか朔日に、家康は大きな城へ入る。そしてその国には日の本一の城が建つ——

家康が江戸へ入ったのは十年前の八月の朔日だ。江戸城は船板を張り巡らせたほどの粗末さだったが、あの葦原の野はいつか日の本一の国になる。

「七日ほどならば、なんとか持ちこたえられると存じます。我らは殿の節目の八朔まで、この城をお守りいたしますぞ」

幾度も振り返りながら家康が去って行くのを、元忠は最後の一人が消えるまでじっと佇んで見送った。

二

七月二十五日、家康は下野小山《おやま》の陣に会津征伐に同道する東軍の諸侯を集めた。

ここから宇都宮へは街道の宿を四つ過ぎ、そこで奥州街道に入って北上すれば三日ほどで陸奥《むつ》へ至る。背後にあたる越後からは、前田利長が押さえに向かうことになっていた。

すでに上方を発するとき諸侯は妻子を大坂に置いて出ており、三成は彼らを大坂城へ入れようとした。だが細川《ほそかわ》家の妻がそれを拒んで自害し、三成たちも人質を取る手は諦めざるを得なかった。

それでも三成たちは家康の罪を掲げた〝内府違ひの條々《じょうじょう》〟を出し、元忠の伏見城が囲まれた。毛利輝元《てるもと》の名で城代の元忠には城明け渡しが命じられ、十九日に籠城戦が始まった。

──島津は西軍に加わるかもしれませぬ。どうぞお許しありますように。

ともに伏見城に籠もろうとした島津義弘を元忠は追い返したそうで、文には殊勝にそんなことを書いていた。

だが家康の天下を信じて疑わぬ元忠が、いくさ後の恩賞を考えて島津を拒んだことは明らかだった。ただ家康はこの小山の陣に島津義弘の顔がないのを少し困ったことになったと思っていた。

それでももう動き出したものは仕方がない。百万石の前田家は美濃へはやらず、今以上の大大名は作らない。秀康や前田家など、此度のいくさで手柄を立てさせぬ者はすでに考えてあった。

家康は元忠の文を忠吉の首巻とともに懐にしのばせ、諸侯の前に出た。

「方々もすでに存じておる通り、伏見の籠城もすでに七日じゃ。会津の咎を糾《ただ》すために出陣したものの、思いがけぬ謀反に遭《お》うて、儂はかけがえのない家臣を失わねばならぬ」

そう言ったとき涙が頰を伝って落ちた。家康にとっても意外だった。

「三成どもは儂の罪を十三條にもわたってあげつらっておる。儂はただひたすら、真の心で太閤殿下への忠勤を励んでまいったに……」

ふいに、信長の名を使って諸侯に忠節を迫った秀吉を思い出した。すると次から次へと懐かしい顔が浮かび、涙はいよいよ吹きこぼれた。

家康が赤児のとき、母の於大はいっそ死にたいと取り乱し、たいそうな怪我を負って生家へ返された。

それから間もなく父の広忠が死に、櫛の歯が欠けるように家士たちが去ったことは忠吉が幾度も話してくれた。

　ある者は清康を死なせた申し訳なさに自ら命を絶とうとし、ある者は忠節を疑われて死に急いだ。家康の身代わりで死んだ者や、人質の家康を守るために際どいいくさ場へ向かった者は数え切れない。

　――殿はいつか必ず、天下をお取りあそばす。行軍ではただ一人、のんびりと居眠りをしておられるわ。

　それが元忠の言葉か、忠吉のものだったか覚えていない。

　だが今このときも、元忠は伏見城で必死の籠城を戦っている。

「伏見城から、囲みを破り、まさに命懸けの文が届いた」

　家康がそっと懐に手のひらを当てたとき、諸侯は感極まって洟をすすり上げていた。

「もはや伏見城は、保つまいの……」

　それは真実、家康が心の奥底から絞り出した言葉だった。

　伏見で元忠と話したときは、籠城は二十四日あたりからのはずだった。だというのに家康は元忠たちに五日も早くその日を迎えさせてしまった。

「今時分、伏見の城は落ちておるかもしれぬの」

　家康は拳を握りしめた。

　十九日に始まった籠城は、元忠の言った七日目が過ぎようとしていた。

　小山の陣で軍議を開いた翌二十六日、下野にいた諸侯は相次いで西上の途についた。家康は結城秀康には上杉の備えに宇都宮へ向かわせ、自らは本軍を率いて江戸へ戻った。

伏見からの知らせはあれきり届かず、八月も六日になった。

越ケ谷《こしがや》を過ぎ、江戸へは明日入るつもりで行軍を続けていた。

先に西へ向かった諸侯は先鋒がそろそろ美濃へ至る頃合で、大坂方の三成たちと、辺りで局地戦が始まっているかもしれない。だが家康は敵と味方を見極めるまでは軽々に駆けつけることはできなかった。

宇都宮には秀忠も残してきたが、八月の終わりになれば中山道から美濃へ行かせるつもりである。家康の本軍は遅れて東海道から向かうが、道中もどこで寝返りがあるか分からない。

馬の背で江戸へ戻る軍勢の先を眺めても、すべての旗指物までは見えなかった。周りには徳川の旗が無数に立ち、大きな金扇の馬標が光を弾き返すのを背中に浴びていた。

穏やかな午さがりで、秋の初めの鰯雲《いわしぐも》が空に描かれたようにじっと動かずに見下ろしている。

そのとき江戸の方角から数頭の騎馬が駆けて来た。

馬上の侍は旗印の脇を通るたびに頭を下げ、金の軍扇のそばで馬を飛び下りた。

「なにごとじゃ」

家康は目の前に膝をついた侍を見下ろした。もう覚悟はできていた。

「伏見城が落ちましてございます。八月一日、鳥居元忠様、松平家忠《いえただ》様お討ち死に」

家康は馬の背から転がり落ち、供侍があわてて助け起こした。

「殿、いかがなさいました」

「もう一度申せ」

使者が驚いて目をしばたたいている。

「いつ、伏見城は落ちたと」

使者は畏れ入って何も応えない。

供侍が気遣って問いかけた。

「八月一日じゃと申したか」

「いかにも、左様にございます」

「そのようなことがあるか！」

家康が声を荒らげ、使者は困ったように供侍と顔を見合わせた。

頬を涙が落ちていく。だが家康はそれを拭うことも忘れていた。

「伏見城が囲まれたのは七月の十九日だったではないか」

「は、左様うけたまわっております」

「たった千八百の城兵で、十三日ものあいだ、城を守ったと申すのか」

「攻城の兵は毛利に宇喜多、総勢四万とのことでございます」

辺りがざわめいた。毛利は西軍の総大将だ。

家康はよろけながらどうにか立ち上がった。

懐に手を入れて、乱暴に首巻を取り出した。

「やりおったわ……」

家康は鞍につかまって馬の背に這い上がった。

「やりおった、元忠」

澄んだ空を見上げた刹那、元忠たちが馬で天を駆けて行くのが見えた。

「居眠りなど、しておるわけがないではないか」

家康はそうつぶやいて忠吉の首巻を目に当てた。空からは眠っているように見えようと、とても顔を上げていることはできなかった。

初出「小説すばる」

宝の子　二〇一四年一〇月号
戻橋　二〇一五年四月号
いつかの朔日　二〇一四年二月号
府中の鷹　二〇一五年八月号
禍《まが》の太刀　二〇一五年一月号
馬盗人　二〇一五年一二月号
七分勝ち　二〇一六年一一月号
伊賀越え　二〇一六年一一月号
出奔　二〇一六年一二月号
雲のあわい　二〇一七年六月号

装画　イズミタカヒト

装丁　高柳雅人

村木　嵐（むらき・らん）
一九六七年、京都府生まれ。京都大学法学部卒業。会社勤務を経て、九五年より司馬遼太郎家の家事手伝いとなり、後に司馬夫人である福田みどり氏の個人秘書を務める。二〇一〇年『マルガリータ』で第一七回松本清張賞受賞、二三年『まいまいつぶろ』が第一二回日本歴史時代作家協会賞作品賞、第一三回本屋が選ぶ時代小説大賞を受賞し、第一七〇回直木賞候補作品となった。他の著書に『阿茶』『まいまいつぶろ　御庭番耳目抄』『またうど』など。

いつかの朔日《さくじつ》

二〇二四年一一月三〇日　第一刷発行

著　者　村木《むらき》嵐《らん》

発行者　樋口尚也

発行所　株式会社集英社

〒一〇一-八〇五〇　東京都千代田区一ツ橋二-五-一〇

電話　〇三-三二三〇-六一〇〇（編集部）

〇三-三二三〇-六〇八〇（読者係）

〇三-三二三〇-六三九三（販売部）書店専用

印刷所　TOPPAN株式会社

製本所　加藤製本株式会社

 ISBN978-4-08-771881-2 C0093

定価はカバーに表示してあります。